古樂苑

（第四册）

UESTCP
电子科技大学出版社

第四册目録

古樂苑卷第三十三

西吳　梅鼎祚　補正

東越　吕胤昌　校閲

襍曲歌辭 漢 並無名氏

蜨蝶行　古辭

蜨蝶之遨遊東園奈何卒逢三月養子燕接我苜蓿間持之我入紫深宮中行纏之傅欂櫨間雀來燕燕子見銜哺來搖頭鼓翼何軒奴軒 持一作披

同前　梁李鏡遠

青春已布澤微蟲應節歡朝出南園裏暮依華葉端菱

舟追或易風池渡更難羣飛終不遠還向玉階蘭春一作年

驅車上東門行此與冉冉孤生竹並漢十九首中詩　古辭

驅車上東門遙望郭北墓白楊何蕭蕭松柏夾廣路下有陳死人杳杳即長暮潛寐黃泉下千載永不寤浩浩陰陽移年命如朝露人生忽如寄壽無金石固萬歲更相送賢聖莫能度服食求神仙多爲藥所誤不如飲美酒被服紈與素

駕言出北闕行藝文題云驅車上東門則此擬作

晉　陸機

駕言出北闕躑躅遵山陵長松何鬱鬱丘墓互相承念

昔殂沒子悠悠不可勝安寢重冥廬天壤莫能與人生何所促忽如朝露凝辛苦百年間戚戚如履氷仁知亦何補遷化有明徵求仙鮮克仙太虛安可凌良會聲美服對酒宴同聲安可凌一作不可凌

傷歌行傷歌行側調曲也古辭傷日月代謝年命遒盡絕離知友傷而作歌也玉臺作魏明帝

古辭

昭昭素明月輝光燭我牀憂人不能寐耿耿夜何長微風吹閨闥羅帷自飄揚攬衣曳長帶屣履下高堂東西安所之徘徊以彷徨春鳥翻南飛翩翩獨翺翔悲聲命儔匹哀鳴傷我腸感物懷所思泣涕忽霑裳佇立吐高

吟舒憤訴穹蒼翻一作向

悲歌　古辭

悲歌可以當泣遠望可以當歸思念故鄉鬱鬱纍纍欲歸家無人欲渡河無船心思不能言腸中車輪轉

前緩聲歌按緩聲本爲歌聲之緩非言命也陸機前緩聲歌言將前慕仙遊翼命長緩謝惠連後緩聲歌大畧戒居高位而爲讒諂所蔽與前歌異　古辭

水中之馬必有陸地之船但有意氣不能自前心非木石荊根株數得覆蓋天當復思東流之水必有西上之魚不在大小但有朝於復來長笛續短笛欲今皇帝陛下三千萬

同前　　晉陸機

遊仙聚靈族高會曾城阿長風萬里舉慶雲鬱嵯峨宓妃興洛浦王韓起太華北徵瑤臺女南要湘川娥蕭蕭霄駕動翩翩翠蓋羅羽旗棲瓊鸞玉衡吐鳴和太容揮高弦洪崖發清歌獻酬既已周輕舉乘紫霞揔轡扶桑枝濯足暘谷波清輝溢天門垂慶惠皇家枝一作底

同前　　宋孔甯子

供帳設玄宮衆仙胥[illegible]亞炤炤二儀曠雍容風雲暇北伐太行鼓南整九疑駕笙歌興洛川鳴簫起秦樹鈞天異三代廣樂非韶夏滿堂皆人靈列筵必羽化烏可循

日留兔自延月夜弱水時一濯扶桑聊暫舍兆旬方履

端千齡■八蜡

同前　　梁沈約

羽人廣宵宴帳集瑤池東開霞泛綵靄澄霧迎香風龍

駕出黃苑帝服起河宮九疑轥煙雨三山馭螭鴻玉鑾

乃排月瑤軷信凌空神行燭玄漠帝旆委曾虹簫歌美

嬴女笙吹悅姬童瓊槳且未洽羽轡已騰空息鳳曾城

曲滅景清都中隆祐集皇代委祚溢華嵩

後緩聲歌 一作前緩聲歌　　宋謝惠連

羲和纖阿去嵯峨覩物知命使余轉欲悲歌憂戚人心

留處山勿居峰在行勿爲公居峰大阻銳爲公遇讒蔽邪琴自踈越雅韻能揚揚滑滑相混同終始福祿豐

緩歌行　　宋謝靈運

飛客結靈友凌空萃丹丘習習和風起采采彤雲浮娥皇發湘浦霄明出河洲宛宛連螭轡裔裔振龍旒浮一作流旒一作斾

此首闕

枯魚過河泣　　古辭

枯魚過河泣何時悔復及作書與魴鱮相教慎出入

古咄唶歌

潘安仁笙賦曰詠園桃之夭夭歌棗下之纂纂歌曰棗下纂纂朱實離離宛其死矣化爲枯枝纂纂棗花也棗之纂纂盛貌實之離離將衰言榮謝之各有時也棗下何纂纂

出此

古辭

棗下何攢攢榮華各有時棗欲初赤時人從四邊來棗適今日賜誰當仰視之闕誤

棗下何纂纂　梁簡文帝

垂花臨碧澗結翠依丹巘非直入遊宮兼期植靈苑落日芳春暮遊人歌吹晚弱刺引羅衣朱實凌還幰且歡洛浦詞無羨安期遠

同前二首　隋王胄

柳黃知節變草綠識春歸復道含雲影重簷照日輝

御柳長條翠宮槐細葉開還得聞春曲便逐鳥聲來

古八變歌 選詩拾遺云古歌有八變九曲之名未詳其義 古辭 下同

北風初秋至吹我章華臺浮雲多暮色似從崦嵫來枯桑鳴中林絡緯響空堦翩翩飛蓬征愴愴遊子懷故鄉不可見長望始此回

豔歌 又謂之妍歌辭曰妍妍歌展妙聲發曲吐令辭又汎汎江漢萍飄蕩永無根又庭中有奇樹上有悲鳴蟬又青青陵中草傾葉晞朝日陽春被惠澤枝葉可攬結皆妍歌之遺句

今日樂上樂相從步雲衢天公出美酒河伯出鯉魚青龍前鋪席白虎持榼壺南斗工鼓瑟北斗吹笙竽姮娥垂明璫織女奉瑛琚蒼霞揚東謳清風流西歙垂露成帷幄奔星扶輪輿

樂府

行胡從何方列國持何來氍毹毾㲪五木香迷迭艾蒳及都梁（五木御覽作五味）

古樂府

蘭草自然香生於大道傍腰鎌八九月俱在東薪中

襍歌（一作離歌）

晨行梓道中梓葉相切磨與君別交中繣如新縑維裂之有餘絲吐之無還期（維一作羅）

古歌

上金殿著玉樽延貴客入金門入金門上金堂東廚具

肴膳椎牛烹猪羊主人前進酒彈瑟爲清商投壺對彈棊博奕並復行朱火颺煙霧博山吐微香清樽發朱顔四坐樂且康今日樂相樂延年壽千霜

古歌

秋風蕭蕭愁殺人出亦愁入亦愁座中何人誰不懷憂令我白頭故地多飈風樹木何脩脩離家日趨遠衣帶日趨緩心思不能言腸中車輪轉

古歌太平御覽終久作穊穇焉作安

高田種小麥終久不成穗男兒在他鄉焉得不憔悴

古歌銅雀辭太平御覽作魏文帝歌

長安城西雙貟闕上有一雙銅雀宿一鳴五穀生再鳴五穀熟文選注所引遺宿字

古絶句 四首

藁砧今何在山上復有山何當大刀頭破鏡飛上天藁砧砆也謂夫也山上有山出也大刀頭刀上鐶也破鏡言半月當還也

日暮秋雲陰江水清且深何用通音信蓮花玳瑁簪

菟絲從長風根莖無斷絶無情尚不離有情安可別

南山一樹桂上有雙鴛鴦千年長交頸歡慶不相忘

古五襍組詩 古辭

五襍組岡頭草往復還車馬道不獲已人將老

同前　　齊王融

五襍組慶雲發往復還經天月不獲已生胡越

同前　　梁范雲

五襍組會塗山往復還兩崤關不得已孀與鰥

古兩頭纖纖詩　　古辭 下同

兩頭纖纖月初生半白半黑眼中睛腷腷膊膊雞初鳴

磊磊落落向曙星

同前

兩頭纖纖青玉玦半白半黑頭上髮腷腷膊膊春氷裂

磊磊落落桃初結

同前　　齊王融

兩頭纖纖綺上紋半白半黑鷦鷯羣腷腷膊膊烏迷矄

磊磊落落玉石分

古樂苑卷第三十三　終

古樂苑卷第三十四

西吳　梅鼎祚　補正
東越　吕胤昌　校閲

襍曲歌辭　魏　吴

劉勳妻

藝文云代劉勳妻王氏襍詩二首玉臺作王宋自作通志佳麗四十七曲有劉勳妻王宋者平虜將軍劉勳妻也入門三十餘年後勳悅山陽司馬氏女以宋無子出之還于道中作詩二首

魏文帝

翩翩牀前帳張以蔽光輝昔將爾同去今將爾同歸緘藏篋笥裏當復何時披張一作可

誰言去婦薄去婦情更重千里不唾井況乃昔所奉遠

樂府卷三十四

望來爲遥踟躕不得並

種瓜篇一作春遊曲玉臺題云樂府郭本同　魏明帝

種瓜東井上冉冉自踰垣與君新爲婚瓜葛相結連寄託不肖軀有如倚太山兔絲無根株蔓延自登緣萍藻託清流常恐身不全被蒙丘山惠賤妾執拳拳天日照知之想君亦俱然

堂上行見太平御覽　魏明帝

武夫懷勇毅勒馬於中原干戈森若林長劒奮無前闕

同前按鮑照集題云代堂上歌行凡照樂府並有代字蓋擬作也則此多爲擬魏明帝矣　宋鮑照

四坐且莫諠聽我堂上歌昔仕京洛時高門臨長河出入重宫裏結友曹與何車馬相馳逐賓朋好容華陽春孟春月朝光散流霞輕步逐芳風言笑弄丹葩暉暉朱顔酡紛紛織女梭滿堂皆美人目成對湘娥雖謝侍君閑明粧帶綺羅箏笛更彈吹高唱好相和萬曲不關情一曲動情多欲知情厚薄更聽此聲過莫一作勿情一作心

齊瑟行歌錄曰名都美女白馬並齊瑟行也曹植名都篇曰名都多妖女美女篇曰美女妖且閑白馬篇曰白馬飾金羈皆以首句名篇猶豔歌羅敷行有日出東南隅篇豫章行有鴛鴦篇是也

名都篇名都者邯鄲臨淄之類也以刺時人騎射之妙游騁之樂而無憂國之心也按

魏陳思王植

陳褚玠鬬雞東郊道出此

名都多妖女京洛出少年寶劍直千金被服光且鮮鬬雞東郊道走馬長楸間馳騁未能半雙兎過我前攬弓捷鳴鏑長驅上南山左挽因右發一縱兩禽連餘巧未及展仰手接飛鳶觀者咸稱善衆工歸我妍歸來宴平樂美酒斗十千膾鯉臇胎鰕炮鼈炙熊蹯鳴儔嘯匹旅列坐竟長筵連翩擊鞠壤巧捷惟萬端白日西南馳光景不可攀雲散還城邑清晨復來還光一作麗東郊一作長安長驅上南山一作驅上彼南山巧一作功

鬬雞東郊道　陳褚玠

春郊鬬雞侶捧敵兩逢迎妬羣排袖出帶勇向場驚錦毛侵距散芥羽襍塵生還同戰勝罷耿介寄前鳴妬羣一作詭羣

美女篇

美女者以喻君子有美行願得明君而事之若不遇時雖見徵求終不屈也

魏陳思王植

美女妖且閑採桑岐路間柔條紛冉冉葉落何翩翩攘袖見素手皓腕約金環頭上金爵釵腰佩翠琅玕明珠交玉體珊瑚間木難羅衣何飄飄輕裾隨風還顧眄遺光采長嘯氣若蘭行徒用息駕休者以忘餐借問女安居乃在城南端青樓臨大路高門結重關容華耀朝日

誰不希令顏媒氏何所營玉帛不時安佳人慕高義求
賢良獨難衆人徒嗷嗷安知彼所觀盛年處房室中夜
起長歎飄颻一作飄飄安居一作何居

同前　晉傅玄

美人一何麗顏若芙蓉花一顧亂人國再顧亂人家未
亂猶可奈何闕誤

同前　梁簡文帝

佳麗盡關情風流最有名約黃能效月裁金巧作星粉
光勝玉靚衫薄擬蟬輕密態隨流臉嬌歌逐軟聲朱顏
半已醉微笑隱香屏

同前　蕭子顯

邯鄲蹔輟舞巴姬請罷弦佳人淇洧出豔趙復傾燕繁穠既爲李照水亦成蓮朝酤成都酒暝數河閒錢餘光幸許借蘭膏空自煎（邯鄲一作章丹）

同前二首　北齊魏收

楚襄遊夢去陳思朝洛歸參差結旌旆掩靄對驂騑變化看臺曲駭散屬川沂仍令我神女俄聞要虙妃照梁何足豔昇霞反奮飛可言不可見言是復言非

（句闕）　我帝更朝衣擅寵無論賤入愛不嫌微智瓊非俗物羅敷本自稀居然陋西子定可比南威新吳

何爲誤舊鄭果難依甘言誠易汙得失定因機無憎藥英妬心賞易侵違

同前　隋盧思道

京洛多妖豔餘香愛物華俱臨鄧渠水共採鄴園花時搖五明扇聊駐七香車情疎看笑淺嬌深眄欲邪微津染長黛新溜濕輕紗莫言人未解隨君獨問家鄧渠一作梁璒

白馬篇白馬者見乘白馬而爲此曲言人當及時立事盡力爲國不可貪私也

魏陳思王植

白馬飾金羈連翩西北馳借問誰家子幽并遊俠兒少小去鄉邑揚聲沙漠垂宿昔秉良弓楛矢何參差控弦

破左的右發摧月支仰手接飛猱俯身散馬蹄狡捷過猿猴勇剽若豹螭邊城多警急胡虜數遷移羽檄從北來厲馬登高堤長驅蹈匈奴左顧陵鮮卑寄身鋒刃端性命安可懷父母且不顧何言子與妻名編壯士籍不得中顧私捐軀赴國難視死忽如歸聲一作名胡虜一作虜騎編一作在寄一作棄

同前　　宋袁淑

劒騎何翩翩長安五陵間秦地天下樞八方湊才賢荆魏多壯士宛洛富少年意氣深自負肯事郡邑權籍籍關外來車徒傾國鄽五侯競書幣羣公亟爲言義分明

於霜信行直如弦交歡池陽下留宴汾陰西一朝許人諾何能坐相捐彯節去函谷投佩出甘泉嗟此務遠圖心爲四海懸但營身意遂豈校耳目前俠烈良有聞古來共知然負一作許

同前　鮑照

白馬騂角弓鳴鞭乘北風要途問邊急襟虜入雲中閉壁自往夏清野徑還冬僑裝多闕絶旅服少裁縫埋身守漢境沈命對胡封薄暮塞雲起飛沙被遠松含悲望兩都楚歌登四墉丈夫設計誤懷恨逐邊戎棄别中國愛要冀胡馬功去來今何道卑賤生所鍾但令塞上兒

知我獨爲雄境一作節　棄一作罷

同前　齊孔稚圭

驥子跼且鳴鐵陣與雲平漢家嫖姚將馳突匈奴庭少年鬬猛氣怒髮爲君征雄戟摩白日長劒斷流星早出飛狐塞晚泊樓煩城虜騎四山合胡塵千里驚嘶笳振地響吹角沸天聲左碎呼韓陣右破休屠兵橫行絕漠表飲馬瀚海清隴樹枯無色沙草不常青勒石燕然道凱歸長安亭縣官知我健四海誰不傾但使强胡滅何須甲第成當令丈夫志獨爲上古英清一作汀

同前　梁沈約

白馬紫金鞍停鑣過上蘭寄言狹斜子詎知隴道難赤坂途三折龍堆路九盤氷生肌裏冷風起骨中寒功名志所急日暮不遑飡長驅入右地輕舉出樓蘭直去已垂涕寧可望長安匪期定遠封無羨輕車官唯見恩義重豈覺衣裳單本持軀命答幸遇身名完

同前　王僧孺

千里生冀北玉鞘黃金勒散蹄去無已搖頭意相得豪氣發西山雄風擅東國飛鞚出秦隴長驅繞岷僰承謨若有神禀筭良不惑瀄汨河水黃參差嶂雲黑安能對兒女垂帷弄毫墨兼弱不稱雄後得方為特此心亦何

巳君恩良未塞不許跨天山何由報皇德

同前　徐悱

研蹄飾鏤鞍飛鞚度河干少年本上郡遨遊入露寒劒琢荆山玉彈把隋珠丸聞有邊烽急飛候至長安然諾竊自許捐軀諒不難占兵出細柳轉戰向樓蘭雄名盛李霍壯氣勇彭韓能令石飲羽復使髮衝冠要功非汗馬報効乃鋒端日沒塞雲起風悲胡地寒西征馘小月北去腦烏丸歸報明天子燕然今復刊今一作石

同前文苑英華作煬帝樂府作孔稚圭詩紀云按詩中多叙征遼之事當以英華爲正稚圭別有一篇　隋煬帝

白馬金貝裝橫行遼水傍問是誰家子宿衛羽林郎文犀六屬鎧寶劒七星光山虚弓響徹地迥角聲長宛河推勇氣隴蜀擅威彊輪臺受降虜高闕翦名王射熊入飛觀校獵下長楊英名欺衛霍智策蔑平良島夷時失禮卉服犯邊疆徵兵集薊北輕騎出漁陽集軍隨日暈挑戰逐星芒陣移龍勢動營開虎翼張衝冠入死地攘臂越金湯塵飛戰鼓急風交征旆揚轉鬬平華地追奔掃帶方本持身許國況復武功彰會令千載後流譽滿旂常（貝一作具 集一作離）

同前　王胄

白馬黃金鞍蹀躞柳城前問此何鄉客長安惡少年結髮從戎事馳名振朔邊良弓控繁弱利劒揮龍泉披林扼彫虎仰手接飛鳶前年破沙漠昔歲取祁連拆衝摧右校搴旗殪左賢虎彌還謝力慶忌本推傑海外平遐險來庭識負褰三韓勞薄伐六事指幽燕良家選河右猛將征西山浮雲屯羽騎蔽日引長旆自矜有餘勇應募忽爭先王師已得儁夷首失求全鼓行徇玉檢乘勝蕩朝鮮志勇期功立寧憚微軀捐不羨山河賞唯希竹素傳鞍一作鞭泉一作淵虎彌一作昆彌失求一作諒失

同前　　辛德源

任俠重芳辰相從競逐春金羈絡赭汗紫縷應紅塵竇劍提三尺雕弓韜六鈞鳴珂蹀細柳飛蓋出宜春遥見浮光發懸知上頭人紫縷應紅塵一作紫陌映紅塵提一作横光一作雲

當墻欲高行　魏陳思王植

龍欲升天須浮雲人之仕進待中人衆口可以鑠金讒言三至慈母不親憒憒俗間不辨僞眞願欲披心自說陳君門以九重道遠河無津

當欲遊南山行　魏陳思王植

東海廣且深由卑下百川五嶽雖高大不逆垢與塵良木不十圍洪條無所因長者能博愛天下寄其身大匠

無弃材船車用不均錐刀各異能何所獨却前嘉善而矜愚大聖亦同然仁者各壽考四坐咸萬年

當事君行　魏陳思王植

人生有所貴尚出門各異情朱紫更相奪色雅鄭異音聲好惡隨所愛憎追舉逐虛名百心可事一君巧詐寧拙誠虛一作聲

當車已駕行　魏陳思王植

歡坐玉殿會諸貴客侍者行觴主人離席顧視東西箱絲竹與鞞鐸不醉無歸來明燈以繼夕

桂之樹行　魏陳思王植

桂之樹桂之樹桂生一何麗佳揚朱華而翠葉流芳布天涯上有棲鸞下有盤螭桂之樹得道之真人咸來會講仙教爾服食日精要道甚省不煩澹泊無爲自然乘蹻萬里之外去留隨意所欲存高高上際於衆外下下乃窮極地天

苦思行　　魏陳思王植

綠蘿緣玉樹光耀粲相暉下有兩真人舉翅翻高飛我心何踊躍思欲攀雲追鬱鬱西岳巔石室青蔥與天連中有耆年一隱士鬚髮皆皓然策杖從吾遊教我要忘言

升天行二首樂府解題曰曹植又有上仙籙與神遊五遊龍欲升天等篇皆傷人世不永俗情險艱當求神仙翱翔六合之外與飛龍仙人遠遊篇前緩聲歌同意

魏陳思王植

乘蹻追術士遠之蓬萊山靈液飛素波蘭桂上參天玄豹遊其下翔鵾戲其顛乘風忽登舉彷彿見衆仙彿一作徨

扶桑之所出乃在朝陽谿中心陵蒼昊布葉蓋天涯日出登東幹既夕沒西枝願得紆陽轡迴日使東馳

同前　　宋鮑照

家世宅關輔勝帶宦王城備聞十帝事委曲兩都情倦見物興衰驟覩俗屯平翩翻類迴掌恍惚似朝榮窮途

悔短計晚志愛長生從師入遠岳結友事仙靈五芝發金記九籥隱丹經風飡委松宿雲卧恣天行冠霞登綵閣解玉飲椒庭蹔遊越萬里近別數千齡鳳臺無還駕簫管有遺聲何當與爾曹啄腐共吞腥翩翻一作翩翩愛一作重芝一作圖飲一作隱近一作少當一作時

同前　梁劉孝勝

堯舉已徒說湯捫亦妄陳欲訪青雲侶正遇丹丘人少翁俱仕漢韓終苦入秦汾陰觀化鼎瀛洲宴羽人廣成參日月方朔間星辰驚祠伐楚樹射蘗戰江神閶闔皆曾倚太一豈難親趙簡猶聞樂周儲囿上賓秦皇多忌

害元朔少寬仁終無良有以非闕德不鄰

同前　隋盧思道

尋師得道訣輕舉厭人羣玉山候王母珠庭謁老君煎爲返魂藥刻作長生文飛策乘流電彫軒曳彩雲玄洲望不極赤野眺無垠金樓旦𡾊嵯玉樹曉氛氳擁琴遥可望吹笙遠詎聞不覺蜉蝣子死葬何紛紛彩作白死葬作生死

同前題云英才言聚賦得昇天行　釋慧淨

馭風過閬苑控鶴下瀛洲欲採三芝秀先從千仞遊駕鳳吟虛管乘槎泛淺流頹齡一已駐方驗大椿秋

豔歌　魏陳思王植

出自薊北門遥望胡地桑枝枝自相值葉葉自相當 闕

太平御覽作桑枝自相值桑葉自相當

出自薊北門行

曹植豔歌行出自薊北門遥望胡地桑枝枝自相值葉葉自相當樂府解題曰出自薊北門行其致與從軍行同而兼言燕薊風物及突騎勇悍之狀若鮑照羽檄起邊庭備叙征戰苦辛之意通典曰燕本秦上谷郡薊即漁陽郡皆在遼西漢書曰薊故燕國也

宋鮑照

羽檄起邊亭烽火入咸陽徵騎屯廣武分兵救朔方嚴秋筋竿勁虜陣精且彊天子按劒怒使者遥相望鴈行緣石徑魚貫度飛梁簫鼓流漢思旌甲被胡霜疾風衝塞起沙礫自飄揚馬毛縮如蝟角弓不可張時危見臣

節世亂識忠良投軀報明主身死爲國殤騎一作師思當作颸

同前　　陳徐陵

薊北聊長望黃昏心獨愁燕山對古刹代郡隱城樓屢戰橋恒斷長氷塹不流天雲如地陣漢月帶胡秋潰土泥函谷挼繩縛涼州平生燕頷相會自得封侯山一作然隱一作倚

同前　　周庾信

薊門還北望役役盡傷情關山連漢月隴水向秦城笳寒蘆葉脆弓凍紵弦鳴梅林能止渴複姓可防兵將軍朝挑戰都護夜巡營燕山猶有石須勒幾人名朝挑一作連轉

苦熱行　　魏陳思王植

行遊到日南經歷交趾鄉苦熱但暴露越夷水中藏　闕

同前　曹植苦熱行行遊到日南經歷交趾鄉苦熱但暴露越夷水中藏樂府解題曰苦熱行備言流金爍石火山炎海之艱難也若鮑照赤坂橫西阻火山赫南威言南方瘴癘之地盡節征伐而賞之太薄也　　宋鮑照

赤坂橫西阻火山赫南威身熱頭且痛鳥墮魂来歸湯
泉發雲潭焦煙起石磯日月有恒昏雨露未嘗晞丹蛇
踰百尺玄蜂盈十圍含沙射流影吹蠱痛行暉瘴氣晝
熏體菵露夜霑衣饑猿莫下食晨禽不敢飛毒涇尚多
死渡瀘寧具腓生軀蹈死地昌志登禍機戈船榮既薄

伏波賞亦微爵輕君尚惜士重安可希吹蠱一作吹鼓誤痛一作病登一作鬲

同前　梁簡文帝

六龍驚不息三伏啟炎陽寢興煩几案俯仰倦幃牀滂沲汗似鑠微靡風如湯洄池愧玉浪蘭殿非色霜細簾時半卷輕幌乍橫張雲斜花影沒日落荷心香願見洪崖井詎憐河朔觴

同前題云苦熱此與下姑從郭本按傳玄亦有苦熱詩原未録　任昉

旭旦煙雲卷烈景入東軒傾光望轉蕙斜日照西垣既卷焦梧葉復傾葵藿根重簟無冷氣挾石似懷溫霢霂

類珠綴喘嚇狀雷奔

同前題云苦熱　何遜

昔聞草木焦今覩沙石爛曀曀風愈靜曈曈日漸旰習靜閟衣巾讀書煩几案臥思清露浥坐待明星燦蝙蝠戶間飛蠛蠓牎中亂會無河朔飲空有臨淄汗遺金自不拾惡木寧無幹願以三伏晨催促九秋換覩一作窺閟一作悶

同前題云和樂儀同苦熱姑從郭本　周庾信

火井沈熒散炎洲高燄通鞭石未成雨鳴鳶不起風思爲鸞翼扇願備明光宮臨淄迎子禮甕中散就安豐美酒含蘭氣甘瓜開蜜筒寂寥人事屏還得隱墻東

妾薄命二首樂府解題曰妾薄命曹植云日月既逝西藏蓋恨燕私之歡不久梁簡文帝名都多麗質傷良人不返王嬙遠聘盧姬嫁遲也

魏陳思王植

攜玉手喜同車北上雲閣飛除釣臺蹇產清虛池塘觀沼可娛仰汎龍舟綠波俯擢神草枝柯想彼宓妃洛河退詠漢女湘娥觀一作靈

日月既逝西藏更會蘭室洞房華燈步障舒光皎若日出扶桑促樽合坐行觴主人起舞娑盤能者冗觸別端騰觚飛爵闌干同量等色齊顏任意交屬所歡朱顏發外形蘭袖隨禮容極情妙舞仙仙體輕裳解履遺絕纓俛仰笑諠無呈覽持佳人玉顏齊舉金爵翠盤手形羅

袖良難腕弱不勝珠環坐者歎息舒顏御巾裛粉君傷中有霍納都梁雞舌五味襍香進者何人齊姜恩重愛深難忘召延親好宴私但歌杯來何遲客賦既醉言歸主人稱露未晞日月既逝一作日既逝矣華燈步障舒光玉臺作花燭步障輝煌樽一作酒妙一作屢裳解一作解裳褰舉玉臺作接

同前　　梁簡文帝

名都多麗質本自恃容姿蕩子行未至秋胡無定期玉貌歌紅臉長嚬串翠眉奩鏡迷朝色縫鍼脆故絲本異搖舟咎何關竊席疑生離誰拊背溢然詎來遲王嬙貌本絶踉蹌入氈帷盧姬嫁日晚非復少年時轉山猶可

遂烏白望難追妾心徒自苦傷人會見嗤串一作慣追一作期

同前　劉孝威

去年從越障今歲歿胡庭嚴霜封碣石驚沙暗井陘玉篸久落鬢覆羅衣長挂屏浴蠶思漆水條桑憶鄭坰寄書朝鮮吏畱釧武安亭忽言戎夏隔但念心契冥不見豐城劍千祀復同形

同前拾遺作孝威　劉孝勝

馮姜朝汲遠徐吾夜火窮舊井長逢幕鄰燈欲未通五逐無來聘三娶盡凶終離災陽祿觀就廢昭臺宮乘屯迹雖淑應戚理恒同復傳蘇國婦故夌在房櫳愁肴歇

巧黛啼妝落豔紅織書凌賣錦敏誦軼繁弓離劒行當合春牀勿怨空

五遊　　魏陳思王植

九州不足步願得凌雲翔逍遙入紘外遊目歷遐荒披我丹霞衣襲我素霓裳華蓋紛晻藹六龍仰天驤曜靈未移景倏忽造昊蒼閶闔啟丹扉雙闕曜朱光徘徊文昌殿登陟太微堂上帝休西櫺羣后集東廂帶我瓊瑤佩漱我沆瀣漿踟躕玩靈芝徙倚弄華芳王子奉仙藥羨門進奇方服食享遐紀延壽保無疆

遠遊篇　楚辭遠遊章曰悲時俗之迫阨兮願輕舉而遠遊質菲薄而無因兮焉託乘而上浮

王逸云遠遊者屈原之所作也屈原履方直之行不容於世困於讒佞無所告訴乃思與仙人俱遊戲周歷天地無所不至焉周王褒又有輕舉篇亦出於此按秦宓有遠遊一首言客子遠遊之意與此不同未錄

魏陳思王植

遠遊臨四海俯仰觀洪波大魚若曲陵承浪相經過靈鼇戴方丈神岳儼嵯峨仙人翔其隅玉女戲其阿瓊蕊可療飢仰漱吸朝霞崑崙本吾宅中州非我家將歸謁東父一舉超流沙鼓翼舞時風長嘯激清歌金石固易弊日月同光華齊年與天地萬乘安足多

輕舉篇　　周王褒

天地能長久神仙壽不窮白玉東華檢方諸西獄童俄

瞻少海北暫別扶桑東俯觀雲似蓋低望月如弓看棋城邑改辭家墟巷空流珠餘舊竈種杏發新叢酒釀瀛洲玉劒鑄昆吾銅誰能攬六博還當訪井公

仙人篇 樂府廣題曰秦始皇三十六年使博士爲仙眞人詩遊行天下令樂人歌之曹植仙人篇曰仙人攬六著言人生如寄當養羽翼徘徊九天以從韓終王喬於天衢也陳陸瑜又有仙人攬六著篇蓋出於此郭本以神仙篇附後今從之 魏陳思王植

仙人攬六著對博太山隅湘娥拊琴瑟秦女吹笙竽玉樽盈桂酒河伯獻神魚四海一何局九州安所如韓終與王喬要我於天衢萬里不足步輕舉凌太虛飛騰踰景雲高風吹我軀廻駕觀紫微與帝合靈符閶闔正嵯

峨雙闕萬丈餘玉樹扶道生白虎夾門樞驅風遊四海東過王母廬俯觀五嶽間人生如寄居潛光養羽翼進趨且徐徐不見昔軒轅乘龍出鼎湖徘徊九天下與爾長相須乘一作升

仙人覽六著篇　　陳陸瑜

九仙會歡賞六著且娛神戲谷聞餘地銘山憶舊秦避敵情思巧論兵勢重新問取南皮夕還笑拂棊人

神仙篇題云遊仙詩應教本非樂府姑從郭本　　齊王融

命駕瑤池側過息嬴女臺長袖何靡靡簫管清且哀璧門凉月舉珠殿秋風廻青鳥鶩高羽王母停玉杯舉手

暫爲別千年將復來側一作隈原共六五首郭載其一

同前　梁戴暠

徒聞石爲火未見坂停丸暫數盈虛月長隨晝夜瀾辭家試學道逢師得姓韓閬山金靜室蓬丘銀露壇安平醞仙酒渤海轉神丹初飛喜退鳳新學法乘鸞十芒生月腦六醆起星肝流瓊播疑俗信玉類陽官玄都宴晚集紫府事朝看謝手今爲別進憐此俗難流一作飛

同前英華又有億舜日一首樂府作沈約樂未央　陳張正見

瀛洲分渤澥閬苑隔虹蜺欲識三山路須尋千仞溪石梁雲外立蓬丘霧裏迷年深毀丹竈學久棄青泥葛水

留還杖天衢鳴去雜六龍驤首起雲閣萬里一别何寥廓玄都府内駕青牛紫蓋山中乘白鶴尋陽杏花終難朽武陵桃花未曾落已見玉女笑投壺復覩仙童欣六博同甘玉文棗俱飲流霞藥鸞歌鳳舞集天台金闕銀宫相向開西王已令青鳥去東海還馭赤虬來魏武還車逢漢女荆王因夢識陽臺鳳蓋隨雲聊蔽日霓裳襟雨復乘雷神岳吹笙遥謝手當知福地有神才

同前題二云神仙　北齊顔之推

紅顔恃容色青春矜盛年自言曉書劒不得學神仙風雲落時後歲月度人前鏡中不相識捫心徒自憐願得

金樓要思逢玉鈴鶣九龍遊弱水八鳳出飛煙朝遊采瓊實夕宴酌膏泉崢嶸下無地列缺上陵天舉世聊一息中州安足旋

同前　　隋盧思道

浮生厭危促名岳共招攜雲軒遊紫府風駟上丹梯時見遼東鶴屢聽淮南雞玉英持作寶瓊實采成蹊飛策揚輕電懸旌耀彩蜺瑞銀光似燭靈石髓如泥寥廓鸞山右超越鳳洲西一丸應五色持此救人迷

同前　　魯范

王遠尋仙至欒巴訪術迴乘空向紫府控鶴下蓬萊霜

分白鹿駕日映流霞杯煎金丹未熟醒酒藥初開乍應觀海變誰肯畏年頹

昇仙篇　　梁簡文帝

少室堪求道明光可學仙丹繒碧林宇綠玉黃金篇雲車了無轍風馬詎須鞭靈桃恒可餌幾廻三千年

飛龍篇　楚辭離騷曰爲余駕飛龍兮襍瑤象以爲車曹植飛龍篇亦言求仙者乘飛龍而昇天與楚辭同意　　魏陳思王植

晨遊泰山雲霧窈窕忽逢二童顏色鮮好乘彼白鹿手翳芝草我知眞人長跪問道西登玉堂金樓復道授我仙藥神皇所造教我服食還精補腦壽同金石永世難

老堂一作臺

鬬雞篇 春秋左氏傳曰季郈之雞鬬季氏介其雞郈氏爲之金距杜預云擣芥子播其羽也或曰以膠沙播之爲介雞鄴都故事曰魏明帝大和中築鬬雞臺趙王石虎亦以芥羽漆砂鬬雞于此故曹植詩云鬬雞東郊道走馬長楸間是也 魏陳思王植

游目極妙伎清聽厭宮商主人寂無爲衆賓進樂方長筵坐戲客鬬雞觀閒房羣雄正翕赫雙翹自飛揚揮羽激清風悍目發朱光觜落輕毛散嚴距往往傷長鳴入青雲扇翼獨翺翔願蒙狸膏助常得擅此場 激一作邀 悍一作博

同前 題云鬬雞楨與應瑒疑並陳思王同時作 劉楨

丹雞被華采雙距如鋒芒願一揚炎威會戰此中唐利

爪探玉除瞋目含火光長翘驚風起勁翮正敷張輕舉奮勾喙電擊復還翔

同前 題云鬬雞 應瑒

戚戚懷不樂無以釋勞勤兄弟遊戲塲命駕迎衆賓二部分曹伍羣雞焕以陳雙距解長緤飛踊超敵倫芥羽張金距連戰何繽紛從朝至日夕勝負尚未分專塲駈衆敵剛捷逸等群四坐同休贊賓主懷悦欣博奕非不樂此戲世所珍

同前 題云鬬雞姑從郭本徐陵庾信亦有鬬雞詩原未錄 梁簡文帝

歡樂良無已東郊春可遊百花非一色新田多異流龍

尾橫津漢車箱起戍樓玉冠初警敵芥羽忽猜儔十日

驕既滿九勝勢恒遒脱使田饒見堪能說魯侯

同前　劉孝威

丹雞翠翼張妬敵復專場翅中含芥粉距外耀金芒氣

踰上黨烈名貴下鞲良祭橋愁魏后食跖忌齊王願賜

淮南藥一使雲間翔

盤石篇　魏陳思王植

盤盤山巔石飄颻澗底蓬我本太山人何爲客海東蒹

葭彌斥土林木無分重圻巖若崩缺湖水何洶洶蚌蛤

被濱涯光彩如錦虹高波凌雲霄浮氣象螭龍鯨脊若

丘陵鬚若山上松呼吸吞船欐澎濞戲中鴻方舟尋高價珍寶麗以通一舉必千里乘颸舉帆幢經危履險阻未知命所鍾常恐沈黃壚下與黿鱉同南極蒼梧野遊眄窮九江中夜指參辰欲師當定從仰天長太息思想懷故邦乘桴何所志吁嗟我孔公（海一作淮 吁嗟一作嗟歎）

驅車篇

魏陳思王植

驅車揮駑馬東到奉高城神哉彼太山五嶽專其名隆高貫雲霓嵯峨出太清周流二六候間置十二亭上有涌醴泉玉石揚華英東北望吳野西眺觀日精魂神所繫屬逝者感斯征王者以歸天効厥元功成歷代無不

遵禮祀有品程探策或長短唯德享利貞封者七十帝軒皇元獨靈飡霞漱沆瀣毛羽被身形發舉蹈虛廓徑廷升窈冥同壽東父年曠代永長生擇一作擇祀一作記

種葛篇

魏陳思王植

種葛南山下葛藟自成陰與君初婚時結髮恩義深歡愛在枕席宿昔同衣衾竊慕棠棣篇好樂如瑟琴行年將晚暮佳人懷異心恩紀曠不接我情遂抑沈出門當何顧徘徊步北林下有交頸獸仰見雙棲禽攀枝長歎息淚下沾羅襟良馬知我悲延頸代我吟昔爲同池魚今若商與參往古皆歡遇我獨困於今棄置委天命悠

悠安可任若一作爲

棄婦篇 本集不載見玉臺新詠

魏陳思王植

石榴植前庭緑葉搖縹青丹華灼烈烈璀彩有光榮光榮曄流離可以處淑靈有鳥飛來集拊翼以悲鳴悲鳴夫何爲丹華實不成拊心長歎息無子當歸寧有子月經天無子若流星天月相終始流星沒無精棲遲失所宜下與瓦石并憂懷從中來歎息通雞鳴反側不能寐逍遙於前庭踟躕還入房肅肅帷幕聲搴帷更攝帶撫弦調鳴箏慷慨有餘音要妙悲且清收淚長歎息何以負神靈招搖待霜露何必春夏成晚穫爲良實願君且

安寧庭靈鳴成寧五韻重用調一作彈

結客篇　　魏陳思王植

結客少年場報怨洛北邙闕

結客少年場行曹植結客篇結客少年場報怨洛北邙樂府解題曰結客少年場行言輕生重義慷慨以立功名也後漢書曰祭遵嘗爲部吏所侵結客殺人廣題曰漢長安少年殺吏受財報仇相與探丸爲彈探得赤丸斫武吏探得黑丸殺文吏尹賞爲長安令盡捕之長安中爲之歌曰何處求子死桓東少年場生時諒不謹枯骨復何葬按結客少年場言少年時結任俠之客爲遊樂之場終而無成故作此曲也按齊梁間少年子長安少年行疑並本此今亦附後

宋鮑照

驄馬金絡頭錦帶佩吳鉤失意杯酒間白刃起相讎追

兵一旦至負劒遠行遊去鄉三十載復得還舊丘升高臨四塞表裏望皇州九衢平若水雙闕似雲浮扶宮羅將相夾道列王侯日中市朝滿車馬若川流擊鐘陳鼎食方駕自相求今我獨何爲轗軻懷百憂塞一作關衢一作塗

同前　　梁劉孝威

少年本六郡遨遊遍五都插腰銅匕首障日錦塗蘇鷙羽裝銀鏑犀膠飾象弧近發連雙兎高彎落九烏邊城多警急節使滿郊衢居延箭箙盡踈勒井泉枯正蒙都護接何由憚險途千金募惡少一麾擒骨都勇餘聊蹙鞠戰罷戲投壺昔爲北方將今爲南面孤邦君行負弩

縣令且前驅（戲一作暫）

同前　周庾信

結客少年場春風滿路香歌撩李都尉果擲潘河陽折花遥勸酒就水更移牀今年喜夫婿新拜羽林郎定知劉碧玉偷嫁汝南王

同前　隋孔紹安

結客佩吴鉤横行度隴頭鴈在弓前落雲從陣後浮吴師驚燧象燕將警犇牛轉蓬飛不息氷河結未流若使三邊定當封萬里矦

同前　虞世南

韓魏多奇節倜儻遺名利共矜然諾心各負縱橫志結友一言重相思千里至綠沈明月弦金絡浮雲轡吹簫入吳市擊筑遊燕肆尋源博望侯結客遠相求少年重一顧長驅背隴頭燄燄霜戈動耿耿劍虹浮天山冬夏雪交河南北流雲起龍沙暗木落鴈行秋輕生狥知己非是爲身謀

少年子　齊王融

聞有東方騎遥見上頭人待君送客返桂釵當自陳

同前題云詠少年姑從郭本　梁吳均

董生能巧笑子都信美目百萬市一言千金買相逐不

道參差桑誰論窈窕淑願言奉繡被來就越人宿

長安少年行

題云學古三首此第一首本非樂府姑從郭氏

梁何遜

長安美少年羽騎暮連翩玉羈馬腦勒金絡珊瑚鞭陣
雲橫塞起赤日下城圓追兵待都護烽火望祁連虎落
夜方寢魚麗曉復前平生不可定空信蒼浪天

同前

陳沈炯

長安好少年驄馬鐵連錢陳王裝腦勒晉后鑄金鞭步
搖如飛鸞寶劒似舒蓮去來新市側遨遊大道邊道邊
一老翁顏鬢如衰蓬自言居漢世少小見豪雄五侯俱

拜爵七貴各論功建章通北闕復道度南宮太后居長樂天子出回中玉輦迎飛燕金山賞鄧通一朝復一日忽見朝市空扶桑無復海崑山倒向東少年何假問頹齡值福終子孫冥滅盡鄉閭復不同淚盡眼方暗髀傷耳自聾杖策尋遺老歌嘯詠悲翁遭隨各有遇非敢訪童蒙

日中市朝滿 出鮑照前行　陳張正見

雲閣綺霞生旗亭麗日明塵飛三市路蓋入九重城竹葉當壚滿桃花帶綬輕唯見爭名利安知大隱情 壚初學記作杯

樂府　魏陳思王植

墨出青松煙筆出狡兔翰古人感鳥跡文字有改判 闕

樂府歌　魏陳思王植

膠漆至堅浸之則離皎皎素絲隨染色移君不我棄讒人所爲

駕出北郭門行　魏阮瑀

駕出北郭門馬樊不肯馳下車步踟躕仰折枯楊枝顧聞丘林中噭噭有悲啼借問啼者出何爲乃如斯親母舍我歿後母憎孤兒飢寒無衣食舉動鞭捶施骨消肌肉盡體若枯樹皮藏我空室中父還不能知上冢察故

處存亾永别離親母何可見淚下聲正嘶棄我於此間窮厄豈有貲傳告後代人以此爲明規踟蹰一作踟躕

秦女休行左延年辭大畧言女休爲燕王婦爲宗報讎殺人都市雖被囚繫終以赦宥得寛刑戮也晉傅玄云龐氏有烈婦亦言殺人報怨以烈義稱與古辭義同而事異

魏左延年

步出上西門遥望秦氏廬秦氏有好女自名爲女休休年十四五爲宗行報讎左執白楊刃右據宛魯矛讎家便東南仆僵秦女休女休西上山上山四五里關吏呵問女休女休前置辭平生爲燕王婦於今爲詔獄囚平生衣參差當今無領襦明知殺人當死兄言怏怏弟言

無道憂女休堅辭爲宗報讐死不疑殺人都市中徼我都巷西丞卿羅東向坐女休悽悽曳梏前兩徒夾我持刀刀五尺餘刀未下朣朧擊鼓赦書下盧太平御覽作樓右據宛魯本作右援宛景本休年一作始年關吏訶問女休作關吏得女休置一作致羅下一有列字

同前此本詠龐氏婦而借秦女休爲題一云秦氏有烈婦　晉傅玄

龐氏有烈婦義聲馳雍涼父母家有重怨仇人暴且彊雖有男兄弟志弱不能當烈女念此痛丹心爲寸傷外若無意者内潛思無方白日入都市怨家如平常匿劒藏白刃一奮尋身僵身首爲之異處伏尸列肆旁肉與土合成泥灑血濺飛梁猛氣上干雲霓仇黨失守爲披

攘一市稱烈義觀者收淚並慨忼百男何當益不如一女良烈女直造縣門云父不幸遭禍殃今仇身以分裂雖死情益揚殺人當伏法義不苟活隳舊章縣令解印綬令我傷心不忍聽刑部垂頭塞耳令我吏舉不能成烈著希代之績義立無窮之名夫家同受其祚子子孫孫咸享其榮今我作歌吟詠高風激揚壯發悲且清

祝衄歌 高士傳魏伐吳有竊問隱士焦先先不應謬歌後魏軍敗人推其意䍽羊指吳羖䍽指魏也魏志後二句云本心爲當殺䍽羊更殺其羖䍽邪 魏焦先

祝衄祝衄非魚非肉更相追逐本爲殺䍽羊更殺羖䍽

采薪者歌 晉書曰籍嘗於蘇門山遇孫登與商略終古及栖神道氣之術登皆不應籍因

長嘯而退至半嶺聞有聲若鸞鳳之音響乎巖谷乃登之嘯也遂歸著大人先生傳按傳云大人先生蓋老人也不知姓字先生過神宮而息漱吳泉而行迴乎逌而遊覽焉見薪於阜者歎曰汝將焉以是終乎哉薪者曰是終我乎不以是終我乎且聖人無懷何其哀因歎而歌曰日沒云云先生聞之笑曰雖不及大庶免小矣乃歌曰天地云云按魏氏春秋曰阮籍少時遊蘇門山有隱者籍對之長嘯蘇門生莞爾而笑籍既降蘇門生亦嘯若鸞鳳之音籍乃服蘇門生之論作大人先生傳以寄所懷歌曰日沒云云又歌曰天地云云袁淑眞隱傳曰蘇門先生嘗行見採薪于阜者先生歎曰汝將以是終乎哀哉薪者曰以是終者我也不汝是終者我也因歌二章莫知所終則此二歌皆出採薪今依本傳

魏阮籍

日沒不周西月出丹淵中陽精蔽不見陰光代爲雄亭亭在須臾厭厭將復隆離合雲霧兮往來如飄風富貴

俛仰間貧賤何必終留侯起亾虜威武赫荒夷邵平封東陵兮一旦爲布衣枝葉托根柢死生同盛衰得志從命升失勢與時隤寒暑代征邁兮變化更相推禍福無常主何憂身無歸推兹由斯負薪又何哀一並無兮字斯下一有闕

選詩拾遺作寄懷歌

大人先生歌

天地解兮六合開星辰霣兮日月頽我騰而上將何懷

吴爾汝歌

世說新語曰晉武帝問孫皓聞南人好作爾汝歌頗能爲不皓正飲酒因勸觴舉帝曰云云帝悔之

吴孫皓

昔與汝爲鄰今與汝爲臣上汝一杯酒令汝壽萬春一作

願汝壽千春

效孫皓爾汝歌

南史曰河東王歆之嘗爲南康劉邕相素輕邕後歆之與邕俱與元會並坐邕謂歆之曰卿昔見臣今能見勸一杯酒否歆之因効孫皓歌答之

宋王歆之

昔爲汝作臣今與汝比肩既不勸汝酒亦不願汝年

古樂苑卷第三十四終

古樂苑卷第三十五

西吳　梅鼎祚　補正

東越　呂胤昌　校閲

襍曲歌辭晉

讌飲歌晉書曰高祖伐公孫淵過温見父老故舊讌飲累日悵然有感爲歌曰

晉宣帝

天地開闢日月重光遭逢際會奉辭遐方將掃羣穢還過故鄉肅清萬里總齊八荒告成歸老待罪武陽群一作逋

輕薄篇樂府解題曰輕薄篇言乘肥馬衣輕裘馳逐經過爲樂與少年行同意何遜云城東美少年張正見云洛陽美少年是也

晉張華

末世多輕薄驕代好浮華志意能放逸貲財亦豐奢被服極纖麗肴膳盡柔嘉僮僕餘粱肉婢妾蹈綾羅文軒樹羽蓋乘馬鳴玉珂橫簪刻玳瑁長鞭錯象牙足下金鑮履手中雙莫邪賓從煥絡繹侍御何芬葩朝與金張期暮宿許史家甲第面長街朱門赫嵯峨蒼梧竹葉清宜城九醞醝浮醪隨觴轉素蟻自跳波美女興齊趙妍唱出西巴一顧傾城國千金寧足多北里獻奇舞大陵奏名歌新聲踰激楚妙伎絕陽阿玄鶴降浮雲鱏魚躍中河墨翟且停車展季猶咨嗟淳于前行酒雍門坐相和孟公結重關賓客不得蹉三雅來何遲耳熱眼中花

盤按互交錯坐席咸諠譁簪珥咸墮落冠冕皆傾邪酣飲終日夜明燈繼朝霞絶纓尚不尤安能復顧他留連彌信宿此歡難可過人生若浮寄年時忽蹉跎促促朝露期榮樂遽幾何念此腸中悲涕下自滂沲但畏執法吏禮防且切磋代一作或能一作旣傾城國一作城國傾寧一作不

同前　梁何遜

城東美少年重身輕萬億柘彈隨珠丸白馬黃金飾長安九逵上青槐蔭道植轂擊晨已喧肩排暝不息走狗通西望牽牛亘南直相期百戲傍去來三市側象牀沓繡被玉盤傳綺食大姊掩扇歌小妹開簾織相看獨隱

笑見人還斂色黃鵠悲故羣山枝詠新識烏飛過客盡雀聚行龍匿酌羽方厭厭此時歡未極城東一作長安飾一作勅大姊一作娼女妹一作婦

同前　　陳張正見

洛陽美年少朝日正開霞細蹀連錢馬傍趨苜蓿花揚鞭還却望春色滿東家井桃映水落門柳襍風斜綿蠻弄青綺蛺蝶遶承華欲往飛廉館遙駐季倫車石榴傳馬腦蘭肴奠象牙聊持自娛樂未是鬭豪奢莫嫌龍馭晚扶桑復浴鵶

遊俠篇漢書遊俠傳曰戰國時列國公子魏有信陵趙有平原齊有孟嘗楚有春申皆籍王

公之勢競爲遊俠以取重諸侯顯名天下故後世稱遊俠者以四豪爲首焉漢興有魯人朱家及劇孟郭解之徒馳騖於閭里皆以俠聞其後長安熾盛街閭各有豪俠特萬章在城西柳市號曰城西萬章酒市有趙君都賈子光皆長安名豪報仇怨養刺客者也魏志曰楊阿若後名豐字伯陽少遊俠常以報仇解怨爲事故時人爲之號曰東市相斫楊阿若西市相斫楊阿若後世遂有遊俠曲魏陳琳晉張華又有博陵王宮俠曲

晉張華

翩翩四公子濁世稱賢明龍虎相交爭七國竝抗衡食客三千餘門下多豪英遊説朝夕至辯士自從橫孟嘗東出關濟身由雞鳴信陵西反魏秦人不窺兵趙勝南詛楚乃與毛遂行黄歇北適秦太子還入荆美哉遊俠士何以尚四卿我則異於是好古師老彭不窺兵六一作開濟疆

同前 題云遊俠一云古意 英華作樂府姑從之　梁王僧孺

青絲控燕馬紫艾餙吳刀朝風吹錦帶落日映珠袍陸離關右客照耀山西豪雖非學詭遇終是任逢遭人生會有妙得處如鴻毛寧能偶雞鶩寂寞隱蓬蒿

同前　周王褒

京洛出名謳豪俠競交遊河南期四姓關西謁五矦鬭雞横大道走馬出長楸桑陰徒將夕槐路轉淹畱

同前 英華作俠客行詩 彙併入陳子良　隋陳良

洛陽麗春色遊俠騁輕肥水逐車輪轉塵隨馬足飛雲影遥臨蓋花氣近薰衣東郊鬭雞罷南皮射雉歸日暮

河橋上揚鞭惜晚暉

俠客篇　　梁王筠

俠客趨名利劒氣坐相矜黄金塗鞘尾白玉飾鈎膺晨馳逸廣陌日暮返平陵舉鞭向趙李與君方代興

博陵王宮俠曲二首　　晉張華

俠客樂幽險築室窮山陰獠獵野獸稀施網川無禽歲暮飢寒至慊慨頓足吟窮令壯士激安能懷苦心干將坐自[illegible]繁弱控餘音耕佃窮淵陂種粟著劒鐔收秋狹路間一擊重千金棲遲熊羆穴容與虎豹林身在法令外縱逸常不禁

雄兒任氣俠聲蓋少年場借友行報怨殺人租市旁吴刀鳴手中利劍嚴秋霜腰間叉素戟手持白頭鑲騰超如激電廻旋如流光奮擊當手決交屍自縱橫寧爲殤鬼雄義不入圜墻生從命子遊死聞俠骨香身没心不懲勇氣加四方

壯士篇 燕荊軻歌曰風蕭蕭兮易水寒壯士一去兮不復還壯士篇蓋出於此

晉張華

天地相震蕩回薄不知窮人物禀常格有始必有終年時俛仰過功名宜速崇壯士懷憤激安能守虚沖乘我大宛馬撫我繁弱弓長劍横九野高冠拂玄穹慷慨成

素霓嘯吒起清風震響駭八荒奮威曜四戎濯鱗滄海畔馳騁大漠中獨步聖明世四海稱英雄（知一作可）

遊獵篇　晉張華

歲暮凝霜結堅氷沍幽泉厲風蕩原隰浮雲蔽昊天玄雲晻歘合素雪紛連翩鷹隼始擊鷙虞人獻時鮮嚴駕鳴儔侶攬轡過中田戎車方四牡文軒駁紫燕輿徒旣整飭容服麗且妍武騎列重圍前驅抗脩旃倏忽似回飈絡繹若浮煙鼓噪山淵動衝塵雲霧連輕繒拂素霓纖網蔭長川遊魚未暇竄歸鴈不得還遂由基控繁弱公差操黃間機發應弦倒一縱連雙肩僵禽正狼籍落羽

何翻翻積獲被山阜流血丹中原馳騁未及勸矐靈俄移晷結罝彌藪澤囂聲振四鄙鳥驚觸白刃獸駭掛流矢仰手接遊鴻舉足蹴犀兕如黃批狡兔青骹撮飛雉鵾鷺不盡收梟鷩安足視日冥徒御勞賞勤課能否野饗會衆賓玄酒甘且旨燔炙播遺芳金觴浮素蟻珍羞墜歸雲纖肴出淥水四氣運不停年時何亹亹人生忽如寄居世遽能幾至人同禍福達士等生死榮辱渾一門安知惡與美遊放使心狂覆車難再履伯陽爲我誡檢跡投清軌

行行且遊獵篇　梁劉孝威

之罘講射所上林娛獵場選徒騎楚客召狩誇胡王罕車巳戒道風鳥復起行佽飛具矰繳材官命蹶張高旦掩月兎勁矢射天狼蹴地不遑逸排虛豈及翔日暮勾陳轉風清鐃吹飈歸來宴平樂寧肯滯禽荒

雲中白子高行　晉傅玄

陵陽子來明意欲作天與仙人遊超登元氣攀日月遂造天門將上謁閶闔闢見紫微絳闕紫宮崔嵬高殿嵯峨雙闕萬丈玉樹羅童女掣電策童男挽雷車雲漢隨天流浩浩如江河因王長公謁上皇鈞天樂作不可詳龍仙神仙教我靈祕八風子儀與遊我祥我心何戚戚思

故鄉俯看故鄉二儀設張樂哉二儀日月運移地東南傾天西北馳鶴五氣所補鼇四足所支齊駕飛龍驂赤螭逍遥五岳間東西馳長與天地竝復何爲復何爲

西長安行 樂府解題曰西長安行晉傅休奕云所思兮何在乃在西長安其下因叙別離之意也三輔舊事曰長安城似北斗周地圖記曰長安城南爲南斗形北爲北斗形通典曰漢高帝自櫟陽徙都長安至惠帝方發人徒築城即長安西北古城是也

晉傅玄

所思兮何在乃在西長安何用存問妾香橙雙珠環何用重存問羽爵翠琅玕今我兮問君更有兮異心香亦不可燒環亦不可沈香燒日有歇環沈日自深

前有一罇酒行　晉傅玄

置酒結此會主人起行觴玉罇兩楹閒絲理東西廂舞袖一何妙變化窮萬方賓主齊德量欣欣樂未央同享千年壽朋來會此堂

同前　陳後主

殿高絲吹滿日落綺羅鮮莫論朝漏促傾危待夕筵

同前　張正見

前有一罇酒主人行壽令日合來坐者當令皆富且壽欲令主人三萬歲終歲不知老爲吏當高遷賈市得萬倍桑蠶當大得主人宜子孫

飛塵篇　晉傅玄

飛塵穢清流朝雲蔽日光秋蘭豈不芬飽肆亂其芳河決潰金堤一手不能障

秋蘭篇 秋蘭本出於楚辭離騷云秋蘭兮蘪蕪羅生兮堂下綠葉兮素華芳菲菲兮襲予蘭香草言芳香菲菲上及於我也傅玄秋蘭篇云秋蘭蔭玉池池水且芳香其言婦人之託君子猶秋蘭之蔭玉池與楚辭同意　晉傅玄

秋蘭蔭玉池池水清且芳芙蓉隨風發中有雙鴛鴦雙魚自踴躍兩鳥時迴翔君其歷九秋與妾同衣裳 清且芳一作且芳香其一作朝

明月篇 藝文作怨詩一作朗月篇　晉傅玄

皎皎明月光灼灼朝日暉昔爲春蠶絲今爲秋女衣丹唇列素齒翠彩發蛾眉嬌子多好言歡合易爲姿玉顔盛有時秀色隨年衰常恐新間舊變故興細微浮萍本無根非水將何依憂喜更相接樂極還自悲本無根一作無根本

明月子　陳謝燮

杪秋之遥夜明月照高樓登樓一廻望望見東陌頭故人眇千里言别歷九秋相思不相見望望空離憂東一作南

朗月行　宋鮑照

朗月出東山照我綺牕前牕中多佳人被服妖且妍靚妝坐帷裏當戶弄清弦鬟奪衛女迅體絶飛燕先爲君

歌一曲當作朗月篇酒至顔自解聲和心亦宣千金何足重所存意氣間（當作朗月篇一作堂上朗月篇）

車遥遥篇（一作梁車歎今從玉臺）　晋傅玄

車遥遥兮馬洋洋追思君兮不可忘君安遊兮西入秦願爲影兮隨君身君在陰兮影不見君依光兮妾所願

天行篇　晋傅玄

天行一何健日月無高蹤百川皆赴海三辰回泰蒙（百川皆赴海藝文作百川赴暘谷）

三光篇（初學作劉孝綽）　晋傅玄

三光垂象表天地有晷度聲和音響應形立影自附素

日抱玄烏明月懷靈兔

吴楚歌 一曰燕人美篇按漢樂府有吴楚汝南歌詩十五篇 晋傅玄

燕人美兮趙女佳其室則邇兮限層崖雲爲車兮風爲馬玉在山兮蘭在野雲無期兮風有止思多端兮誰能理一作思心多端誰能理

天行歌 晋傅玄

天時泰兮昭以陽清風起兮景雲翔仰觀兮辰象日月兮運周俯視兮河海百川兮東流

日昇歌 晋傅玄

東光昇朝陽羲和初攬轡六龍並騰驤逸景何晃晃旭

日照萬方皇德配天地神明鑒幽荒

驚靁歌　晉傅玄

驚靁奮兮震萬里威陵宇宙兮動四海六合不維兮誰能理

雲歌　晉傅玄

白雲翩翩翔天庭流景彯彯非君形白雲飄飄捨我高翔青雲裹回爲我愁腸

同前　梁王臺卿

玉雲初度色金風送影來全生疑魄暗半去月時開欲知無處所一爲上陽臺

蓮歌　　晉傅玄

渡江南採蓮花芙蓉增敷曄若星羅綠葉映長波迴風容與動纖柯

襍歌　　晉傅玄

鳳有翼龍有鱗君不獨與必須良臣

歌辭　　晉傅玄

靁師鳴鐘鼓風伯吹笙簧西母出穴聽王父吟東廂

昔思君　　晉傅玄

昔君與我兮形影潛結今君與我兮雲飛雨絶昔君與我兮音響相和今君與我兮落葉去柯昔君與我兮金

石無虧今君與我兮星滅光離

君子有所思行樂府解題曰君子有所思行晉陸機云命駕登北山宋鮑照云西上登雀臺梁沈約云晨策終南首其旨言彫室麗色不足為久懽宴安酖毒滿盈所宜敬忌與君子行異也

晉陸機

命駕登北山延佇望城郭廛里一何盛街巷紛漠漠甲第崇高闥洞房結阿閣曲池何湛湛清川帶華薄邃宇列綺牕蘭室接羅幕淑貌色斯升哀音承顔作人生盛行邁容華隨年落善哉膏粱士營生奧且博宴安消靈根酖毒不可恪無以肉食資取笑藜與藿藜一作葵

同前

宋謝靈運

揔駕越鍾陵還顧望京畿躑躅周名都遊目倦忘歸市鄽無阨室世族有高闈密親麗華苑軒甍飾通逵孰是金張樂諒由燕趙詩長夜恣酣飲窮年弄音徽盛往速露墜衰來疾風飛餘生不歡娛何以竟暮歸寂寥曲肱子瓢飲療朝飢所秉自天性貧富豈相譏（倦一作卷　阨一作夾）

同前　　鮑照

西上登雀臺東下望雲闕層閣肅天居馳道直如髮繡甍結飛霞璇題納行月築山擬蓬壺穿池類溟渤選色徧齊岱徵聲匝卭越陳鍾陪夕宴笙歌待明發年貌不可留身意會盈歇蟻壞漏山河絲淚毀金骨器惡含滿

歆物忌厚生浚智裁衆多士服理辯昭晰（一作昭昧叶末河一作阿）

同前　　梁沈約

晨策終南首顧望咸陽川戚里遡層闕甲館負崇軒複塗希紫閣重臺擬望仙巴姬幽蘭奏鄭女陽春弦共矜紅顏日俱忘白髮年寂寥茂陵宅照曜未央蟬無以五鼎盛顧嗤三經玄

齊謳行（漢書曰漢王至南鄭諸將及士卒皆歌謳思東歸顏師古曰謳齊歌也謂齊聲而歌或曰齊地之歌禮樂志曰齊古謳員六人梁元帝纂要曰齊歌曰謳是也陸機齊謳行備言齊地之美亦欲使人推分直進不可妄有所營也）　　晉陸機

營丘負海曲沃野爽且平洪川控河濟崇山入高冥東

被姑尤側南界聊攝城海物錯萬類陸産尚千名孟諸吞楚夢百二侔秦京惟帝恢東表桓后定周傾天道有迭代人道無久盈鄙哉牛山歎未及至人情爽鳩苟已徂吾子安得停行行將復去長存非所營

同前　梁沈約

東秦稱右地川隰固夷袒層峯駕蒼雲瀰河流素壤青丘良杳鬱雩宮信疏敞王佐改殷命霸功繆周綱 闕

齊歌行　齊陸厥

黃金徒滿籯不如守章句雩宮紛多士稷下岌成覆同載雙連珠合席懸河注垂帷五行下操筆百金賦華屋

大車方高門駟馬驅玄豹空不食南山隱雲霧霞一作露珠一作壁

吴趨行崔豹古今注曰吴趨行吴人以歌其地陸機吴趨行曰聽我歌吴趨趨步也

晉陸機

楚妃且勿歎齊娥且莫謳四坐並清聽聽我歌吴趨吴趨自有始請從閶門起閶門何峨峨飛閣跨通波重欒承遊極迴軒啓曲阿藹藹慶雲被泠泠鮮風過山澤多藏育土風清且嘉泰伯導仁風仲雍揚其波穆穆延陵子灼灼光諸華王迹穨陽九帝功興四遐大皇自富春矯首頓世羅邦彥應運興粲若春林葩屬城咸有士吴

邑最為多八族未足侈四姓實名家文德熙淳懿武功侔山河禮讓何濟濟流化自滂沲淑美難窮紀商榷為此歌始一作紀峨峨一作嵯峨鮮一作祥首一作手

同前 樂府不載名氏次陸機後六朝詩彙遂作機詩按此格調必非晉人姑從附入

簟滿蓋重簾唯有遠相思藕葉清朝釧何見早歸時歸一作還

同前 梁元帝

水裏生蔥翅池心恒欲飛蓮花逐牀返何時乘艗歸

悲哉行 歌錄曰悲哉行魏明帝造樂府解題曰陸機云遊客芳春林謝惠連云羇人感淑節皆言客遊感物憂思而作也 晉陸機

遊客芳春林春芳傷客心和風飛清響鮮雲垂薄陰蕙草饒淑氣時鳥多好音翩翩鳴鳩羽喈喈倉庚吟幽蘭盈通谷長莠被高岑女蘿亦有託蔓葛亦有尋傷哉客遊士憂思一何深目感隨氣草耳悲詠時禽寤寐多遠念緬然若飛沈願託歸風響寄言遺所欽吟一作音

同前陸士衡集亦載誤　宋謝靈運

萋萋春草生王孫遊有情差池燕始飛夭裊桃始榮灼灼桃悅色飛飛燕弄聲檐上雲結陰澗下風吹清幽樹雖改觀終始在初生松蔦歡蔓延樛葛欣虆縈眇然遊宦子晤言時未并鼻感改朔氣眼傷變節榮侻傺豈徒

然澶漫絶音形風來不可託鳥去豈爲聽（眼一作心 澶一作緬）

同前（鮑照集亦載） 謝惠連

羇人感淑節緣感欲回轍我行詎幾時華實驟舒結覩實情有悲瞻華意無悅覽物懷同志如何復乖別翩翩翔禽羅關關鳴鳥列翔禽常疇偶所歎獨乖絶（翔禽一作翔鳴）

同前 梁沈約

旅遊媚年春年春媚遊人徐光旦垂彩和露曉凝津時嚶起稚葉蕙氣動初蘋一朝阻舊國萬里隔良辰

百年歌（十首） 晉陸機

一十時顏如蕣華曄有暉體如飄風行如飛孌彼孺子

相追隨終朝出遊薄暮歸六情逸豫心無違清酒漿炙
奈樂何清酒漿炙奈樂何
二十時膚體彩澤人理成美目淑貌灼有榮被服冠帶
麗且清光車駿馬遊都城高談雅步何盈盈清酒漿炙
奈樂何清酒漿炙奈樂何
三十時行成名立有令聞力可扛鼎志干雲食如漏巵
氣如熏辭家觀國綜典文高冠素帶煥翩紛清酒漿炙
奈樂何清酒漿炙奈樂何
四十時體力克壯志方剛跨州越郡還帝鄉出入承明
擁大璫清酒漿炙奈樂何清酒漿炙奈樂何

五十時荷旄仗節鎮邦家鼓鐘嘈囋趙女歌羅衣綷縩金翠華言咲雅舞相經過清酒漿炙奈樂何清酒漿炙奈樂何

六十時年亦耆艾業亦隆驂駕四牡入紫宮軒冕婀那翠雲中子孫昌盛家道豐清酒漿炙奈樂何清酒漿炙奈樂何

七十時精爽頗損膂力愆清水明鏡不欲觀臨樂對酒轉無歡攬形羞髮獨長歎形一作衣羞一作脩

八十時明已損目聰去耳前言往行不復紀辭官致祿歸桑梓安車駟馬入舊里樂事告終憂事始

九十時日告耽瘁月告衰形體雖是志意非言多謬誤心多悲子孫朝拜或問誰指景玩日慮安危感念平生淚交揮

百歲時盈數已登肌肉單四支百節還相患目若濁鏡口垂涎呼吸嚬蹙反側難茵褥滋味不復安

女怨詩　晉皇甫謐

婚禮既定婚禮臨成施衿結帨三命丁寧闕

逸民吟　晉潘尼

我顧傲世自遺舒志六合由巢是追沐浴池洪迅羽衣陟彼名山採此芝薇朝雲靉靆行露未晞遊魚羣戲翔

鳥雙飛逍遥博觀日晏忘歸嗟哉四士從我者誰

嬌女詩 按神弦曲有嬌女詩不知此亦同否今附入 晉左思

吾家有嬌女皎皎頗白皙小字爲紈素口齒自清歷鬢髮覆廣額雙耳似連璧明朝弄梳臺黛眉類掃跡濃朱衍丹唇黃吻瀾漫赤嬌語若連瑣忿速乃明儘握筆利彤管篆刻未期益執書愛綈素誦習矜所獲其姊字惠芳兩目燦如畫輕粧喜樓邊臨鏡忘紡績舉觶擬京兆立的成復易玩弄眉頰間劇兼機杼役從容好趙舞延袖像飛翮上下絃柱際文史輒卷襞顧眄屏風畫如見已指擿丹青日塵闇明義爲隱賾馳騖翔園林菓下皆

生摘紅葩掇紫蔕萍實驟抵擲貪華風雨中倏忽數百適務躡霜雪戲重綦常累積幷心注肴饌端坐理盤槅翰墨戢閑按相與數離逖動爲鑪鉦屈屣履任之適止爲茶荈據吹吁對鼎鑠脂膩漫白袖煙薰染阿錫衣被皆重池難與沈水碧任其孺子意羞受長者責瞥聞當與杖掩淚俱向壁重池被之心如池也玉臺作衣破皆重施誤織一作紈娣玉臺作姊鑠外編作鑠茶菽一作茶荈

思吳江歌一曰秋風歌晉文士傳曰張翰有清名美望大司馬齊王冏辟爲東曹掾在洛見秋風起思吳中菰飯蓴羹鱸魚鱠歎曰人生貴得適意爾何能羈宦數千里以要名爵因作此歌遂命駕還

晉張翰

秋風起兮佳景時吳江水兮鱸魚肥三千里兮家未歸恨難得兮仰天悲

山路吟　晉夏侯湛

夙駕兮待明陟山路兮遐征冐晨朝兮入大谷道逶迤兮嵐氣清攬轡兮抑馬踟躕兮曠野曠野軀兮遼落崇岳兮嵬崿丘陵兮連離卉木兮交錯淥水兮長流驚濤兮拂石

江上汎歌　晉夏侯湛

悠悠兮遠征倏倏兮曁南荊南荊兮臨長江臨長江兮討不庭江水兮浩浩長流兮萬里洪浪兮雲轉陽矦兮

奔起驚翼兮垂天鯨魚兮岳跱靡蕪紛兮被皐陸脩竹鬱兮翳崖趾望江之南兮邀目桂林桂枝蓊鬱兮鵾雞揚音淩波兮願濟舟檝不具兮江水深洸嗟廻眄於北夏何歸軫之難尋

長夜謠　晉夏侯湛

日暮兮初晴天灼灼兮遐清披雲兮歸山垂景兮照庭列宿兮皎皎星稀兮月明亭檐隅以逍遥兮眄太虚以仰觀望閶闔之昭晰兮麗紫微之暉煥

寒苦謠　晉夏侯湛

惟立冬之初夜天慘懍以降寒霜皚皚以被庭氷凓瀨

於井幹草樕樕以疏葉木蕭蕭以零殘松隕葉於翠條竹摧柯於綠竿　闕

扶風歌　九解　　晉劉琨

朝發廣莫門暮宿丹水山左手彎繁弱右手揮龍淵

顧瞻望宮闕俯仰御飛軒據鞍長歎息淚下如流泉

繫馬長松下發鞍高嶽頭烈烈悲風起泠泠澗水流

揮手長相謝哽咽不能言浮雲為我結飛鳥為我旋

去家日已遠安知存與亡慷慨窮林中抱膝獨摧藏

麋鹿遊我前猨猴戲我側資糧既乏盡薇蕨安可食

攬轡命徒侶吟嘯絕巖中君子道微矣夫子故有窮

惟昔李陵期寄在匈奴庭忠信反覆罪漢武不見明
我欲竟此曲此曲悲且長棄置勿重陳重陳令心傷

同前　宋鮑照

昨辭金華殿今次鴈門縣寢臥握秦戈棲息抱越箭忍
悲別親知行泣隨征傳寒煙空裏徊朝日乍舒卷

同前　見太平御覽按北史常景傳曰景嘗因出塞經歷山水悵然懷古乃擬劉琨扶風歌十二首此或其遺句耶　無名氏

南山名嵬嵬松柏何摧摧上枝拂青雲中心大數圍　闕

合歡詩　五首樂府解題曰合歡詩晉楊方所作也言婦人謂虎嘯風起龍躍雲浮磁石引針陽燧改火皆以同聲相應同氣相求我與君情亦猶形影宮商之不離也常願食共並根穗飲

共連理杯衣共雙絲絹寢共無縫裯坐必接膝行必攜手如鳥同翼如魚比目利斷金石密踰膠漆也後三首玉臺題云雜詩郭氏併作合歡詩今按意義實與合歡無涉姑仍舊錄

晉楊方

虎嘯谷風起龍躍景雲浮同聲好相應同氣自相求我情與子親譬如影追軀食共同根穗飲共連理杯衣共雙絲絹寢共無縫裯居願接膝坐行願攜手趨子靜我不動子遊我不留齊彼同心鳥譬此比目魚情至斷金石膠漆未爲牢但願長無別合形作一軀生爲併身物死爲同棺灰秦氏自言至我情不可儔同一作並此一作彼

磁石引長針陽燧下炎煙宮商聲相和心同自相親我

情與子合亦如影追身寢共織成被絮共同功綿暑搖
比翼扇寒坐併肩氈子笑我必哂子蹴我無歡來與子
共迹去與子同塵齊彼蛩蛩獸舉動不相捐唯願長無
別合形作一身生有同室好死成併棺民徐氏自言至
我情不可陳

獨坐空室中愁有數千端悲響答愁歎哀涕應苦言
彷徨四顧望白日入西山不覩佳人來但見飛鳥還
飛鳥亦何樂夕宿自作羣言一作心
飛黃銜長轡翼翼回輕輪俯涉淥水澗仰過九層山
脩途曲且險秋草生兩邊黃華如沓金白花如散銀

青敷羅翠采絳葩象赤雲爰有承露枝紫榮合素牙扶踈重清藻布翹芳且鮮目爲豔采回心爲奇色旋撫心悼孤客俯仰還自憐踟蹰向壁歎攬筆作此文南鄰有奇樹承春挺素華豐翹被長條綠葉蔽朱柯因風吹微音芳氣入紫霞我心羡此木願徙著予家夕得遊其下朝得弄其葩爾根深且堅予宅淺且洿移植良無期歎息將如何鄰玉臺作林堅作固

大道曲樂府解題曰謝尚爲鎭西將軍常著紫羅襦據胡牀在市中佛國門樓上彈琵琶作

大道曲市人不知是三公也　晉謝尚

青陽二三月柳青桃復紅車馬不相識音落黃埃中

懷歸謠　晉湛方生

辭衡門兮至歡懷生離兮苦辛豈羇旅兮一慨亦代謝兮感人四運兮遒盡化新兮歲故氛慘慘兮凝晨風悽悽兮薄暮雨雪兮交紛重雲兮四布天地兮一色六合兮同素山木兮摧披津壑兮凝沍感羇旅兮苦心懷桑梓兮增慕胡馬兮戀北越鳥兮依陽彼禽獸兮尚然況君子兮去故鄉望歸塗兮漫漫盼江流兮洋洋思涉路兮莫由欲越津兮無梁

曲池歌　拾遺在湛方生後詩品作湛詩謝朓有曲池之水未詳與此同否

曲池何澹澹芙蓉蔽清源縈華盛壯時見者誰不歡一

朝光采落見者不廻顏

曲池水（集云曲池之水）　齊謝朓

緩步遵莓渚披衿待蕙風芙蕖舞輕蒂苞筍出芳叢浮雲自西北江海思無窮鳥去能傳響見我綠琴中（綠一作測）

出歌　晉孫楚

茱萸出芳樹顛鯉魚出洛水泉白鹽出河東美豉出魯川薑桂茶荈出巴蜀椒橘木蘭出高山蓼蘇出溝渠粃稗出中田　闕

別歌（晉書曰錢鳳爲王敦鎧曹參軍知敦有不臣之心相與朋搆專弄威權參軍熊甫諫敦不聽遂告歸臨別歌曰）　晉熊甫

徂風飈起蓋山陵氛霧蔽日玉石焚往事旣去可長歎

念别惆悵復會難

歌一首高僧傳曰外國名僧佉吒寄名長于寺有張奴者不知何許人不甚見食而常自肥澤冬夏常著單布衣佉吒行見張奴欣然而笑佉吒曰吾東見蔡㹠南訊馬生北遇王年今欲就杯度乃與子相見耶張奴乃題槐樹歌曰

張奴

濛濛大象內照耀實顯彰何事迷昬子縱惑自招殃樂所少人往苦道若翻囊不有松柏志何用擬風霜閑豫紫煙表長歌出昊蒼澄虛無色外應見有緣鄉歲曜毗漢后麗辰傳啟王伊余非二仙晦迹之九方亦見流俗子觸眼致酸傷略謠觀有念寧曰盡衿章

酒德歌 秦王堅與羣臣飲以極醉爲限整作歌 前秦趙整

地列酒泉天垂酒池杜康妙識儀狄先知紂喪殷邦桀傾夏國由此言之前危後則

又 崔鴻十六國春秋前秦錄曰苻堅宴羣臣於釣臺秘書侍郎趙整以堅頗好酒因爲酒德之歌

穫黍西秦採麥東齊春封夏發鼻納心迷 載太平御覽未全

諫歌 晉孝武帝寧康二年冬十二月秦王堅與慕容垂夫人段氏同輦遊於後庭宦官趙整歌曰云云堅改容謝之命夫人下輦 前秦趙整

不見雀來入鷰室但見浮雲蔽白日

古樂苑卷第三十五終

古樂苑卷第三十六

西吳 梅鼎祚 補正

東越 吕胤昌 校閲

襍曲歌辭 宋

自君之出矣 漢徐幹室思詩自君之出矣明鏡暗不治思君如流水無有窮已時自君之出矣蓋起於此一作擬室思詩齊虞羲亦謂之思君去時行

宋孝武帝 一作許瑶

自君之出矣金翠闇無精思君如日月回還晝夜生

同前 江夏王義恭

自君之出矣笥錦廢不開思君如清風曉夜常徘徊

同前　顏師伯

自君之出矣芳帷低不舉思君如回雪流亂無端緒

同前本題云題詩後寄行人姑從郭本　鮑令暉

自君之出矣臨軒不解顏砧杵夜不發高門晝恒關帷中流熠燿庭前華紫蘭物枯識節異鴻歸知客寒遊取暮春盡餘思獨君還一作遊用暮冬盡除春待君還帷一作帳歸一作來

同前二首集云奉和代徐　齊王融

自君之出矣芳奠絕瑤巵思君如形影寢興未曾離

自君之出矣金爐香不然思君如明燭中宵空自煎

同前　虞羲

自君之出矣楊柳正依依君去無消息唯見黃鶴飛關山多險阻士馬少光輝流年無止極君去何時歸

同前　梁范雲

自君之出矣羅帳咽秋風思君如蔓草連延不可窮

同前六首　陳後主

自君之出矣霜暉當夜明思君若風影來去不曾停

自君之出矣房空帷帳輕思君如晝燭懷心不見明

自君之出矣不分道無情思君若寒草零落故心生

自君之出矣塵網暗羅帷思君如落日無有暫還時

自君之出矣綠草遍階生思君如夜燭垂淚著雞鳴

自君之出矣愁顔難復覩思君如蘗條夜夜只交苦

同前　賈馮吉

自君之出矣紅顔轉憔悴思君如明燭煎心且銜淚

同前　隋陳叔達

自君之出矣明鏡罷紅粧思君如夜燭煎淚幾千行

秋歌 藝文無題在秋部　宋南平王鑠

昊天清且高秋氣發初涼白露下微津明月流素光凝煙氾城闕淒風入軒房朱華先零落綠草就芸黃纖羅還笥篋輕紈改衣裳 闕

遊子移　宋江夏王義恭

三河遊蕩子麗顏邁荆寶携持玉柱箏懷挾忘憂草綢繆甘泉中馳逐邯鄲道春服候時製秋紈迎涼造珍魄暉素腕玉迹滿襟抱常歎樂日晏恒悲歡不早揮吹傳舊美趨謠盡新好仲尼爲輟飡秦王足傾倒

懷園引　宋謝莊

鴻飛從萬里飛飛河岱起辛勤越霜霧聯翩遡江汜去舊國違舊鄉舊海悠且長迴首瞻東路延翮向秋方登楚都入楚關楚地蕭瑟楚山寒歲去冰未已春來鳫不還風肅幌兮露濡庭漢水初綠柳葉青朱光藹藹雲英英離禽喈喈又晨鳴菊有秀兮松有蕤憂來年去容髮

哀流陰逝景不可追臨堂危坐悵欲悲試託意兮向芳蓀心綿綿兮屬荒樊想綠蘋兮既冐沼念幽蘭兮已盈園夭桃晨暮發春鶯旦夕喧青苔無石路宿草塵蓬門

山夜憂　　宋謝莊

庭光盡山明歸流風乘軒卷明月緣河飛澗鳥鳴兮夜蟬清橋露靡兮蕙煙輕淩別浦兮值泉躍經喬木兮遇猨驚南皐別鶴行佇漢東鄰孤管入青天沇痾白髮共急日朝露過隟詎賒年年既去兮髮不還金膏玉液豈留顏廻舲柘繩戶收棹掩荆關

會吟行　樂府解題曰會吟行其致與吳趨同會謂會稽　宋謝靈運

六引緩清唱三調佇繁音列筵皆靜寂咸共聆會吟會吟自有初請從文命敷敷績壺冀始刊木至江汜列宿炳天文負海橫地理連峰競千仞背流各百里滮池溉粳稻輕雲曖松杞兩京愧佳麗三都豈能似層臺指中天高墉積崇雉飛燕躍廣途鷁首戲清沚肆呈窈窕容路曜㛹娟子自來彌世代賢達不可紀句踐善廢興越叟識行止范蠡出江湖梅福入城市東方就旅逸梁鴻去桑梓牽綴書土風辭殫意未已容五臣作容　世一作年

松柏篇 并序

余患脚上氣四十餘日知舊先借傅玄集以余病劇遂見還開袠適見樂府詩龜鶴篇於危病

中見長逝詞惻然酸懷抱如此重病彌時不[illegible]
差呼吸之喘舉目悲矣火藥間缺而擬之

宋鮑照

松柏受命獨歷代長不衰人生浮且脆鴥若晨風悲東
海迸逝川西山導落暉南郭悅籍短蒿里收永歸諒無
疇昔時百病起盡期志士惜牛刀忍勉自療治傾家行
藥事顛沛去迎醫徒備火石苦奄至不得辭龜齡安可
獲岱宗限已迫睿聖不得留爲善何所益捨此赤縣居
就彼黃壚宅永離九原親長與三辰隔屬纊生望盡闔
棺世業埋事痛存人心恨結亾者懷祖葬既云及壙遂
亦已開室族內外哭親疏同共哀外姻遠近至名列通

夜臺扶輿出殯宮低廻戀庭室天地有盡期我去無還
日居者今已盡人事從此畢火歇煙既沒形銷聲亦滅
鬼神來依我生人永辭訣大暮杳悠悠長夜無時節鬱
湮重冥下煩寃難具説安寢委沈寞戀戀念平生事業
有餘結刊述未及成資儲無擔石兒女皆孩嬰一朝放
捨去萬恨纏我情追憶世上事束教以自拘明發靡怡
悆夕歸多憂虞撤閑晨逕流歠宴式酒濡知今瞑日苦
恨失爾時娛遥遥遠民居獨埋深壤中墓前人跡滅冢
上草日豐空林響鳴蜩高松結悲風長寐無覺期誰知
逝者窮生存處交廣連榻舒華裀已沒一何苦楛哉不

容身昔日平居時晨夕對六親今日掩奈何一見無諧因禮席有降殺三齡速過隙几筵就收撤室宇改疇昔行女遊歸途仕子復王役家世本平常獨有亾者劇時祀望歸來四節靜塋丘孝子撫墳號父子知來不欲還心依戀欲見絶無由煩寃荒隴側肝心盡崩抽郭一作郊限一作恨夕歸一作久歸

鳴鴈行衛匏有苦葉詩曰雝雝鳴鴈旭日始旦鳴鴈行蓋出於此

宋鮑照

雝雝鳴鴈鳴始旦齊行命侶入雲漢中夜相失羣離亂留連徘徊不忍散憔悴容儀君不知辛苦霜雪亦何爲

霜雪一作風霜

同前　　隋李孝貞

聽琴旋蔡子張羅避翟公夕宿寒林上朝飛空井中既竝玄雲曲復變海魚風一報黃苑惠還遊萬歲宮詩紀云此詩本詠雀樂府題曰鳴雁行或有誤也

北風行北風本衛詩也北風詩曰北風其涼雨雪其雱傳云北風寒涼病害萬物以喻君政暴虐百姓不親也鮑照傷北風雨雪而行人不歸與衛詩異矣集作北風涼行　　鮑照

北風涼雨雪雱京洛女兒多嚴粧遙豔帷中自悲傷沈吟不語若爲忘問君何行何當歸苦使妾坐自傷悲慮

年至處顏衰情易復恨難追沈吟不語若爲忘一作沈吟不語若有忘處年至一作處年來

春日行　宋鮑照

獻歲發吾將行春山茂春日明園中鳥多嘉聲梅始發柳始青泛舟艫齊棹驚奏採菱歌鹿鳴風微起波微生弦亦發酒亦傾入蓮池折桂枝芳袖動芬葉披兩相思兩不知梅始發柳始青一作梅始發桃始榮風微起波微生一作微波起微風生入蓮池折桂枝一作入蓮花援桂枝

代少年時至衰老行此下五首樂府諸家不載按鮑照集題上並有代字則此必舊有是作而照擬之也大抵爲嗟老傷窮羈旅無聊之意而已

宋鮑照

憶昔少年時馳逐好名晨結友多貴門出入富兒鄰綺羅豔華風車馬自揚塵歌唱青琴女彈箏燕趙人好酒多芳氣餚味厭時新今日每相念此事邈無因寄語後生子作樂當及春

代陽春登荊山行　宋鮑照

旦登荊山頭崎嶇道難遊早行犯霜露苔滑不可留極眺入雲表窮目盡帝州方都列萬室層城帶高樓奕奕朱軒馳紛紛縞衣流日氣映山浦暄霧逐風收花木亂平原桑柘盈平疇攀條弄紫莖藉露折芳柔遇物雖成

趣念者旦不解憂且共傾春酒長歌登山丘桑柘盈平疇一作桑柘緜平疇

代貧賤愁苦行　宋鮑照

湮沒雖死悲貧苦即生劇長歎至天曉愁苦窮日夕盛顏當少歇鬢髮先老白親友四面絶朋知斷三益空庭慙樹萱樂餌愧過客貧年忘日時黯顏就人惜俄頃不相酬恧怩面已赤或以一金恨便成百年隙心爲千條計事未見一獲運圮津塗塞遂轉死溝洫以此窮百年不如還窀穸

代邊居行　宋鮑照

少年遠荆陽遥遥萬里　方陋巷絶人徑茅屋摧山岡不覩車馬迹但見麋鹿場長松何落落丘隴無復行邊地無高木蕭蕭多白楊盛年日月盡一去萬恨長悠悠世中人爭此錐刀忙不憶貧賤時富貴輒相忘紛紛徒滿目何關慨于傷不如一畝中高會挹清樂遇樂便作樂莫使候朝光荆一作京　方一作行

代邽街行　　宋鮑照

竚立出門衢遥望轉蓬飛蓬去舊根在連翩逝不歸念我捨鄉俗親好久乖違慷慨懷長想惆悵戀音徽人生隨事變遷化焉可祈百年難必果千慮易盈虧

中興歌十首

宋鮑照

千冬遲一春萬夜視朝日生平值中興歡起百憂畢遲一作逢

中興太平運化清四海樂祥景照玉臺紫煙遊鳳閣

碧樓含夜月紫殿爭朝光綵池散蘭麝風起自生芳

白日照前窻玲瓏綺羅中美人掩輕扇含思歌春風

三五容色滿四五妙華歇已輸春日歡分隨秋光沒

北出湖邊戲前還苑中遊飛轂繞長松馳管逐波流

九月秋水清三月春花滋千金逐良日皆競中興時

窮泰已有分壽夭復屬天既見中興樂莫持憂自煎

襄陽是小地壽陽非帝城今日中興樂遥治在上京

梅花一時豔竹葉千年色願君松柏心採照無窮極

行路難

十八首樂府解題曰行路難備言世路艱難及離別悲傷之意多以君不見爲首按陳武别傳云武常牧羊諸家牧竪有知歌謡者武遂學行路難則所起亦遠矣

宋鮑照

奉君金卮之美酒瑇瑁玉匣之彫琴七綵芙蓉之羽帳

九華蒲萄之錦衾紅顔零落歲將暮寒光宛轉時欲沈

願君裁悲且減思聽我抵節行路吟不見柏梁銅雀上

寧聞古時清吹音卮一作巵瑇一作玳

洛陽名工鑄爲金博山千斲復萬鏤上刻秦女攜手仙承

君清夜之歡娛列置幃裏明燭前外發龍鱗之丹綵內含麝芬之紫煙如今君心一朝異對此長歎終百年（歡娛一作娛樂）

璿閨玉墀上椒閣文窻繡戶垂綺幕中有一人字金蘭被服纖羅蘊芳藿春燕差池風散梅開帷對影弄春爵含歌攬涕不能言人生幾時得爲樂寧作野中之雙鳧不願雲間之别鶴（蘊一作采春一作禽不能言一作恒抱愁）

瀉水置平地各自東西南北流人生亦有命安能行歎復坐愁酌酒以自寬舉杯斷絶歌路難心非木石豈無感吞聲躑躅不敢言

君不見河邊草冬時枯死春滿道君不見城上日非暝沒山去明朝復更出今我何時當得然一去永滅入黃泉人生苦多懽樂少意氣敷腴在盛年且願得志數相就牀頭恒有酤酒錢功名竹帛非我事存亾貴賤委皇天非暝一作今暝山一作盡委一作付

對案不能食拔劍擊柱長歎息丈夫生世能幾時安能蹀躞垂羽翼棄檄罷官去還家自休息朝出與親辭暮還在親側弄兒牀前戲看婦機中織自古聖賢盡貧賤何況我輩孤且直能一作會檄一作置

愁思忽而至跨馬出北門舉頭四顧望但見松柏園荊

棘鬱蹲蹲中有一鳥名杜鵑言是古時蜀帝魂聲音哀
苦鳴不息羽毛憔悴似人髡飛走樹間啄蟲蟻豈憶往
日天子尊念此死生變化非常理中心惻愴不能言蹲蹲
集作摶摶啄一作逐
中庭五株桃一株先作花陽春沃若二三月從風簸蕩
落西家西家思婦見悲惋零淚沾衣撫心歎初我送君
出戶時何言淹留節迴換牀席生塵明鏡垢纖腰瘦削
髮蓬亂人生不得恒稱意惆悵徙倚至夜半沃若二三月一作妖
冶二月中見悲一作見之
䔦蘗染黃絲黃絲歷亂不可治我昔與君始相值爾時

自謂可君意結帶與我言死生好惡不相置今日見我顏色衰意中索寞與先異還君金釵瑇瑁簪不忍見之益愁思結帶與我言死生好惡不相置一作結帶與君同死生好惡不擬相棄置索寞一作錯亂金一作玉見之一作見此

君不見蕣華不終朝須臾淹冉零落銷盛年妖豔浮華輩不久亦當詣冢頭一去無還期千秋萬歲無音詞孤魂煢煢空隴間獨魄徘徊遶墳基但聞風聲野鳥吟豈憶平生盛年時爲此令人多悲悒君當縱意自熈怡

君不見枯籜走階庭何時復青著故莖君不見亾靈蒙享祀何時傾盃竭壺罍君當見此起憂思寧及得與時

人爭生人倏忽如絶電華年盛德幾時見但令縱意存
高尚旨酒佳肴相胥讌持此從朝竟夕暮差得忘憂消
愁怖胡爲惆悵不得已難盡此曲令君忤得一作能
今年陽初花滿林明年冬末雪盈岑推移代謝紛交轉
我君邊戍獨稽沈執袂分别已三載邇來淹寂無分音
朝悲慘慘遂成滴暮思遶遶最傷心膏沐芳餘久不御
蓬首亂髩不設簪徒飛輕埃舞空帷粉筐黛器靡復遺
自生留世苦不幸心中惕惕恒懷悲
春禽喈喈旦暮鳴最傷君子憂思情我初辭家從軍僑
榮志溢氣干雲霄流浪漸冉經三齡忽有白髮素髭生

今暮臨水拔已盡明日對鏡復已盈但恐羈死爲鬼客

客思寄滅生空精每懷舊鄉野念我舊人多悲聲忽見

過客問何我寧知我家在南城答云我曾居君鄉知君

遊宦在此城我行離邑已萬里今方羇役去遠征來時

聞君婦閨中孀居獨宿有貞名亦云朝悲泣閑房又聞

暮思淚沾裳形容憔悴非昔悅蓬鬢衰顔不復粧見此

令人有餘悲當願君懷不暫忘

君不見少壯從軍去白首流離不得還故鄉窅窅日夜

隔音塵斷絶阻河關朔風蕭條白雲飛胡笳哀急邊氣

寒聽此愁人兮奈何登山遠望得留顔將死胡馬跡寧

見妻子難男兒生世轗軻欲何道綿憂摧抑起長歎

君不見柏梁臺今日丘墟生草萊君不見阿房宮寒雲澤雉棲其中歌伎舞女今誰在高墳壘壘滿山隅長袖紛紛徒競世非我昔時千金軀隨酒逐樂任意去莫令含歎下黃壚

君不見冰上霜表裏陰且寒雖蒙朝日照信得幾時安民生故如此誰令摧折彊相看年去年來自如削白髮零落不勝冠

君不見春鳥初至時百草含青俱作花寒風蕭條一旦至竟得幾時保光華日月流邁不相饒令我愁思怨恨

多蕭條一作蕭索

諸君莫歎貧富貴不由人丈夫四十彊而仕余當二十弱冠辰莫言草木委大雪會應蘇息遇陽春吾對酒叙長篇窮途運命委皇天但願金樽九醞滿莫惜牀頭百箇錢直須優游卒一歲何勞辛苦事百年大一作冬金樽一作樽中

同前

詩品曰行路難是東陽柴廓所造寶月嘗憩其家會廓亡因竊而有之廓子賫手本出都欲訟此事乃厚賂止之一本云東陽太守柴廓選詩外編作柴廓詩

齊僧寶月

君不見孤鴈關外發酸嘶度揚越空城客子心腸斷幽閨思婦氣欲絕凝霜夜下拂羅衣浮雲中斷開明月夜

夜遥遥徒相思年年望望情不歇寄我匣中青銅鏡倩人爲君除白髮行路難行路難夜聞南城漢使度使我流淚憶長安

同前四首　梁吴均

洞庭水上一株桐經霜觸浪困嚴風昔時抽心曜白日今旦臥死黄沙中洛陽名工見咨嗟一剪一刻作琵琶白璧規心學明月珊瑚映面作風花帝王見賞不見忌提攜把握登建章掩抑摧藏張女彈殷勤促柱楚明光年年月月對君子遥遥夜夜宿未央未央綵女棄鳴篪爭先拂拭生光儀茱萸錦衣玉作匣安念昔日枯樹枝

不學衡山南嶺桂至今千載猶未知
青瑣門外安石榴連枝接葉夾御溝金墉城西合歡樹
垂條照彩拂鳳樓遊俠少年遊上路傾心顛倒想戀慕
摩頂至足買片言開胷瀝膽取一顧自言家在趙邯鄲
翩翩舌杪復劍端青驪白駮的盧馬金羈綠控紫絲鞶
蹀躞橫行不肯進夜夜汗血至長安長安城中諸貴臣
爭貴儒者席上珍復聞梁王好學問輕棄劒客如埃塵
吾丘壽王始得意司馬相如適被申大才大辯尚如此
何況我輩輕薄人
君不見西陵田從橫十字成陌阡君不見東郊道荒涼

蕪沒起寒煙盡是昔日帝王處歌姬舞女達天曙今日翩妍少年子不知華盛落前去吐心吐氣許他人今旦廻惑生猶豫山中桂樹自有枝心中方寸自相知何言歲月忽若馳君之情意與我離還君玳瑁金雀釵不忍見此使心危

君不見上林苑中客氷羅霧縠象牙席盡是得意忘言者探腸見膽無所惜白酒甜鹽甘如乳綠觴皎鏡華如碧少年持名不肯嘗安知白駒應過隙博山鑪中百和香鬱金蘇合及都梁逶迤好氣佳容貌經過青瑣歷紫房已入中山馮后帳復上皇帝班姬牀班姬失寵顏不

開奉箒供養長信臺日暮耿耿不能寐秋風切切四面來玉階行路生細草金鑪香炭變成灰得意失意須臾頃非君方寸逆所裁（憑一作陰頃一作間）

同前（二首前首一作吳均今從玉臺）　梁費昶

君不見長安客舍門倡家少女名桃根貧窮夜紡無燈燭何言一朝奉至尊至尊離宮百餘處千門萬戶不知曙唯聞啞啞城上烏玉欄金井牽轆轤丹梁翠栱飛屠蘇香薪桂火炊雕胡當年翻覆無常定薄命爲女何必麤（屠一作流雕胡一作彫菰）

君不見人生百年如流電心中坎壈君不見我昔初入

椒房時詎減班姬與飛燕朝踰金梯上鳳樓暮下瓊鉤息鸞殿柏梁晝夜香錦帳自飄颺笙歌棗下曲琵琶陌上桑過蒙恩所賜餘光曲沾被既逢陰后不自專復値程姬有所避黃河千年始一清微軀再逢永無議蛾眉偃月徒自妍傅粉施朱欲誰爲不如天淵水中鳥雙去雙飛長比翅棗下曲一作席上吹

同前一作詠征婦裁衣行路難　梁王筠

千門皆閉夜何央百憂俱集斷人腸探揣箱中取刀尺拂拭機上斷流黃情人逐情雖可恨復畏邊遠乏衣裳已繰一繭催衣縷復擣百和薰衣香猶憶去時腰大小

不知今日身短長褵襠雙心共一袜袙裑兩邊作八撮
襻帶雖安不忍縫開孔裁穿猶未達胷前却月兩相連
本照君心不照天願君分明得此意勿復流蕩不如先
含悲含怨判不死封情忍思待明年

同前 題云從軍與相州刺史孫騰行路難 北齊高昂

春甲長驅不可息六日六夜三度食初時[illegible]言作虎牢
更被處置河橋北迴首絕望便蕭條悲來雪涕還自抑

空城雀 鮑照此篇言輕飛近集茹腹辛傷免羅網而已 宋鮑照

雀乳四鷇空城之阿朝拾野粟夕飲氷河高飛畏鴟鳶
下飛畏網羅辛傷伊何言怵迫良已多誠不及青鳥遠

食玉山禾猶勝吳宮燕無罪得焚窠賦命有厚薄長歎欲如何拾一作食

同前　北魏高孝緯

百雉何寥廓四面風雲上紈素久爲塵池臺尚可仰啾啾雀噪城鬱鬱無歡賞日暮勞心曲橫琴聊自獎勞一作縈

夜坐吟夜坐吟鮑照所作言聽歌逐音因音託意也宗夬又有遥夜吟則言永夜獨吟憂思未歌與此不同　宋鮑照

冬夜沈沈夜坐吟含情未發已知心霜入幕風度林朱燈滅朱顏尋體君歌逐君音不貴聲貴意深情一作聲

長相思古詩曰客從遠方來遺我一書札上言長相思下言久離別李陵詩曰行人難久留

各言長相思言行人久戍寄書以遺所思也古詩又曰客從遠方來遺我一端綺文綵雙鴛鴦裁爲合歡被著以長相思緣以結不解謂被中著綿以致相思緜緜之意故曰長相思也又有千里思與此相類

宋吴邁遠

晨有行路客依依造門端人馬風塵色知從河塞還時我有同棲結宦遊邯鄲將不異客子分飢復共寒煩君尺帛書寸心從此殫道妾長憔悴豈復歌笑顔簷隱千霜樹庭枯十載蘭經春不舉袖秋落寧復看一見願道意君門已九關虞卿棄相印擔笠爲同歡閨陰欲早霜何事空盤桓道一作遣笠一作簦

同前

梁昭明太子統

相思無終極長夜起歎息徒見貌嬋娟寧知心有憶寸心無所因願附歸飛翼嬋一作嫂所一作以

同前　二首　張率

長相思久離別美人之遠如雨絕獨延佇心中結望雲雲去遠望鳥鳥飛滅空望終若斯珠淚不能雪

長相思久別離所思何在若天垂鬱陶相望不得知玉階月夕映羅帷風夜吹長思不能寢坐望天河移

同前　二首　陳後主

長相思久相憶關山征戍何時極望風雲絕音息上林書不歸迴紋徒自織羞將別後面還似初相識

長相思怨成悲蝶縈草樹連絲庭花飄散飛入帷帷中看隻影對鏡歛雙眉兩見同望月兩別共春時

同前二首　徐陵

長相思望歸難傳聞奉詔戍皐蘭龍城遠鴈門寒愁來瘦轉劇衣帶自然寬念君今不見誰為抱腰看奉詔一作傳制念君今不見一作君今念不見

長相思好春節夢裏恒啼悲不洩帳中起窻前髻柳絮飛還聚遊絲斷復結欲見洛陽花如君隴頭雪

同前　蕭淳

長相思久離別新燕參差條可結壺關遠鴈書絕對雲

恒憶陣看花復愁雪猶有望歸心流黃未剪截

同前　陸瓊

長相思久離別一罷鴛文綺薦絶鴻巳去柳堪結室冷鏡凝氷庭幽花似雪容貌朝朝改書字看看滅

同前　王瑳

長相思久離別兩心同憶不相徹悲風悽愁雲結柳葉眉上銷菱花鏡中滅鴈封歸飛斷鯉素還流絶（悽一作凄）

同前二首　江揔

長相思久離別征夫去遠芳音滅湘水深隴頭咽紅羅斗帳裏綠綺清弦絶逶迤百尺樓愁思三秋結（芳音一作芳幽）

長相思久別離春風送燕入簷窺暗開脂粉弄花枝紅樓千愁色玉筯兩行垂心心不相照望望何由知

同前　　無名氏

罷秋有餘慘還春不覺温詎知玉筵側長挂銷愁人

長別離 楚辭曰悲莫悲兮生別離古詩曰行行重行行與君生別離相去萬餘里各在天一涯後蘇武使匈奴李陵與之詩曰良時不可再離別在須臾故後人擬之為古別離梁簡文帝又為生別離宋吳邁遠有長別離今按三曲原本同義而宋在梁前聊以為次

宋吳邁遠

生離不可聞況復長相思如何與君別當我盛年時蕙華每搖蕩妾心長自持榮乏草木歡悴極霜露悲富貴

貌難變貧窮顔易衰持此斷君腸君亦宜自疑淮陰有逸將折羽謝翻飛楚有扛鼎士出門不得歸正爲隆準公仗劍入紫微君才定何如白日下爭暉長一作空貌一作身

古別離 襍體詩第一首　梁江淹

遠與君別者乃至鴈門關黃雲蔽千里遊子何時還送君如昨日簷前露已團不惜蕙草晚所悲道里寒君在天一涯妾身長別離願一見顔色不異瓊樹枝兔絲及水萍所寄終不移

生別離　梁簡文帝

別離四弦聲相思雙笛引一去十三年復無好音信

淫思古意　　宋顔竣

春風飛遠方紀轉流思堂貞節寄君子窮閨妾所藏裁
書露微疑千里問新知君行過三稔故心久當移

楊花曲三首　　宋湯惠休

葳蕤華結情宛轉風含思掩涕守春心折蘭還自遺
江南相思引多歎不成音黄鶴西北去銜我千里心
深堤下生草高城上入雲春人心生思思心長爲君

秋思引　　宋湯惠休

秋寒依依風過河白露蕭蕭洞庭波思君末光光巳滅
眇眇悲望如思何

勞歌 二首　宋伍緝之

幼童輕歲月謂言可久長一朝見零悴歎息向秋霜迍邅已窮極疢痾復不康每恐先朝露不見白日光庶及盛年時暫遂情所望吉辰旣乖越來期眇未央促促歲月盡窮年空悲傷

女蘿依附松終已冠高枝浮萍生託水至死不枯萎傷哉抱關士獨無松與期月色似冬草居身苦且危幽生重泉下窮年冰與澌多謝召鄗生無所事六奇勞爲社下宰時無魏無知

同前　周蕭撝

百年能幾許公事罷平生寄言任立政誰憐李少卿

答孫緬歌 南史曰漁父者不知姓名亦不知何許人太康孫緬爲潯陽太守落日逍遥渚際見一輕舟凌波隱顯俄而漁父至神韻蕭灑垂綸長嘯緬甚異之褰裳涉水與之論用世之道漁父曰僕山海狂人不達世務未辨賤貧無論榮貴乃歌曰云云於是攸然鼓棹而去

宋漁父

竹竿籊籊河水浟浟相忘爲樂貪餌吞鈎非夷非惠聊以忘憂

古樂苑卷第三十六終

古樂苑卷第三十七

西吳　梅鼎祚　補正

東越　呂胤昌　校閱

襍曲歌辭 齊

塞客吟 齊書曰高帝在淮上取蘇侃爲冠軍錄事參軍是時新失淮北遣帝北戍每歲秋冬間邊淮騷動帝廣遣偵候安集荒餘又營繕城府帝在兵中久見疑於時乃作塞客吟以喻志侃達此旨更自勸勵委以府事深見知待按此詩見蘇侃傳外編逸軌皆作侃詩非也

齊高帝

寶緯紊宗神經越序德晦河晉力宣江楚雲雷兆壯天山繇武直髮指河關凝精越漢渚秋風起寒草衰雕鴻

思邊馬悲平原千里顧但見轉蓬飛星嚴海淨月徹河明清輝映幙素液凝庭金笳夜厲羽轄晨征幹晴潭而悵泗枻松洲而悼情蘭涵風而瀉豔菊籠泉而散英曲繞首燕之歎吹軫絶越之聲欷園琴之孤弄想庭藿之餘馨青關望斷白日西斜恬源靚霧壠首暉霞戒旋鷁躍還波情綿綿而方遠思裊裊而遂多粵擊秦中之筑因爲塞上之歌歌曰朝發兮江泉日夕兮陵山驚飇兮瀄汩淮流兮潺湲胡埃兮雲聚楚旆兮星懸愁墉兮思宇惻愴兮何言定寰中之逸鑒審雕陵之迷泉悟樊籠之或累悵遐心以栖玄河闗一作秦闗

永明樂十首南齊書樂志曰永明樂歌者竟陵王子良與諸文士造奏之人爲十曲道人釋寶月辭頗美武帝常被之筦弦而不列於樂官按此曲永明中造故曰永明樂

齊謝朓

帝圖開九有皇風浮四溟永明一爲樂咸池無復靈

民和禮樂富世清歌頌徽鴻名軼卷領稱首邁垂衣

朱臺鬱相望青槐紛馳道秋雲湛甘露春風散芝草

龍樓日月照淄館風雲清儲光温似玉藩度式如瓊

化洽鯷海君恩變龍庭長西北騖環裘東南盡龜象

出車長洲苑選旅朝夕川絡絡結雲騎奔奔汎戈船

燕駟遊京洛趙服麗有輝清歌留上客妙舞送將歸

實相薄五禮妙花開六塵明祥已玉燭寶瑞亦金輪
生蔑荇蘿性身與嘉惠隆飛纓入華殿屣步出重宫
彩鳳鳴朝陽玄鶴舞清商瑞此永明曲千載爲金皇

同前十首　　王融

玄符昭景歷茂實偶英聲長爲南山固永與朝日明
靈丘比翼栖芳林合條起兩代分憲章一朝會書軌
二離金玉相三袞蘭蕙芳重儀文世子再奉東平王
空谷返逸驂陰山響鳴鶴振玉躧丹墀懐芳步青閣
崇文晦已明膠庠穢復整弱臺留折巾沂川詠芳頴
定林去喧俗鹿野出埃霞香風流梵琯澤雨散雲花

楚望傾澠滌日館仰鑾鈴已蹻五雲發方照兩河清
幸哉明盛世壯矣帝王居高門夜不柝飲帳曉長舒
揔棹金陵渚方駕玉山阿輕露炫珠翠初風搖綺羅
西園抽蕙草北沼擢芳蓮生逢永明樂死日生之年

同前　　梁沈約

聯翩貴遊子侈靡千金客華轂起飛塵珠履竟長陌

江上曲　　齊謝朓

易陽春草出踟躕日已暮蓮葉尚田田淇水不可渡願
子淹桂舟時同千里路千里既相許桂舟復容與江上
可採菱清歌共南楚

邯鄲故才人嫁爲厮養卒婦楊愼樂府序曰予覩樂府有邯鄲才人嫁爲厮養卒婦篇特亾其辭亦失其解及考史記張耳傳涓楚漢春秋并云趙王武臣爲燕軍所獲囚於燕獄先後使者往請輙爲燕所殺趙有厮養卒謝其舍中曰吾將載趙王歸舍中人笑之乃走燕壁以利害說燕將燕以爲然乃歸趙王厮養卒御王以歸武臣歸趙以美人妻養卒以報之是其事也李蔡曰張耳傳祗云厮養卒並無才人嫁爲婦語曷以知所嫁者即此卒邪陳耀文正楊曰此事史漢并同注中俱無楚漢春秋字

齊謝朓

生平宮閣裏出入侍丹墀開笥方羅縠窺鏡比蛾眉初別意未解去久日生悲顦顇不自識嬌羞餘故姿夢中忽髣髴猶言承讌私

王孫遊楚辭招隱士曰王孫遊兮不歸春草生兮萋萋王孫遊蓋出於此

齊謝朓

綠草蔓如絲雜樹紅英發無論君不歸君歸芳已歇蔓一作夢

同前　　王融

置酒登廣殿開襟望所思春草行已歇何事久佳期一本辭同思公子

金谷聚　　齊謝朓

渠碗送佳人玉杯要上客車馬一東西別後思今夕

石崇金谷妓　　梁庾肩吾

蘭堂上客至綺席清絃撫自作明君辭還教綠珠舞

法壽樂十二首一云法樂辭　齊王融

天長命自短，世促道悠悠。禪衢開遠駕，愛海亂輕舟。累塵曾未極，積樹豈能籌。情埃何用洗，正水有清流。積一作心

右歌本起

百神肅以虔，三靈震且越。恒耀掩芳霄，薰風鏡蘭月。丹榮藻玉墀，翠羽文珠闕。皓毳非虛來，交輪豈徒發。薰風鏡蘭月一作微風動蘭月　藻一作落　恒一作常

右歌靈瑞

韶年春已仲，明星夜未央。千祀鍾休曆，萬國會嘉祥。金容函夕景，翠髮佩晨光。表塵維淨覺，泥俗迺輪皇。

右歌下生

襲氣變離宮重栫警會殿曼響感心神修容展歡宴生老終已榮死病行當薦方爲淨國遊豈結危城戀展歡一作轉惟

右歌在宮

春木多病夭秋葉少欣榮心骸終委滅親愛暫平生長風吹北壟迅影急東瀛知三旣情竭得一乃身貞木一作枝竭一作暢

右歌四遊

飛策辭國門端儀偃郊樹慈愛徒相思閨中空戀慕夙隸乖往塗駿足獨歸路舉袂謝時人得道且還顧一作去

右歌出國

明心弘十力，寂慮安四禪。青禽承逸軌，文驪鏡重川。鷲嵒標遠勝，鹿野究清玄。不有希世寶，何以導蒙泉。安一作通　驪一作纚

右歌得道

亭亭宵月流，朏朏晨霜結。川上不褎迴，條間亟渝滅。靈知湛常然，符應有盈缺。感運復來儀，且厭人間世。亟渝滅一作問生滅　符一作府　世音泄

右歌寶樹一作雙樹

春山玉所府，檀林鸞所栖。引火歸炎隧，挹水自青隄。菴

園無異轍祇館有同躋比肩非今古接武豈燕齊春一作春鸞一作芳

右歌賢衆

昔余輕歲月茲也重光陰閨中屏鉛黛闕下挂纓簪禪悅兼芳旨法言戀清琴一果非能辨寵辱誰爲心戀一作忘寵辱一作空有

右歌學徒

峻宇臨層穹迢迢疎遠風騰芳清漢裏響梵高雲中金華紛冉冉若瓊樹鬱青葱貞心延淨景遂業嗣天宫宇一作岸冉若一作冉弱延一作逸

右歌供具

影響未嘗隔晦明殊復親弘慈邈已遠睿后扇高塵區中禔景福寓外沐深仁萬祀留國祚億兆慶唐民

右歌福應

江皐曲　齊王融

林斷山更續洲盡江復開雲峯帝鄉起水源桐柏來

望城行　齊王融

金城十二重雲氣出表裏萬戶如不殊千門反相似車馬若飛龍長衢無極已簫鼓相逢迎信哉佳城市

思公子　楚辭九歌曰靁塡塡兮雨冥冥猨啾啾兮狖夜鳴風颯颯兮木蕭蕭思公子兮徒離

憂思公子蓋出於此

春盡風颯颯蘭凋木脩脩王孫久爲客思君徒自憂　齊王融

同前　梁費昶

公子才氣饒凌雲自飄飄東出鬬雞道西登飲馬橋夕宴銀爲燭朝燔桂作焦虞卿亦何命窮極苦無聊

同前　北齊邢劭

綺羅日減帶桃李無顏色思君君未歸歸來豈相識

陽翟新聲 隋書樂志曰西涼樂曲陽翟新聲神白馬之類皆生於胡戎歌非漢魏遺曲也　齊王融

懷春發下蔡含笑向陽城耻爲飛雉曲好作鵾雞鳴

秋夜長 魏文帝詩曰漫漫秋夜長烈烈北風涼展轉不能寐披衣起彷徨秋夜長其取諸此

集云奉和秋夜長王臺作秋夜 齊王融

秋夜長夜長樂未央舞袖拂花燭歌聲繞鳳梁

白日歌

序曰懸象著明莫大于日月而彼日月不能不謝固知無準哀爲盛之終盛爲哀之始故爲白日歌 齊張融

白日白日舒天昭暉數窮則盡盛滿則哀

憂且吟 齊張融

鳴琴當春夜春夜當鳴琴羈人自不樂何似千里心

邯鄲行 通典曰邯鄲戰國時趙國所以都自敬侯始都之有叢臺洪波臺在焉邯山名鄲盡也

樂府廣題曰邯鄲舞曲也　齊陸厥

趙女擫鳴琴邯鄲紛躧步長袖曳三街兼金輕一顧有美獨臨風佳人在遐路相思欲褰衽叢臺日已暮

邯鄲歌　詩彙列在晉無名氏　梁武帝

回顧灞陵上北指邯鄲道短衣妾不傷南山為君老

南郡歌　齊陸厥

江南可採蓮蓮生荷已大旅鴈向南飛浮雲復如蓋望美積風露踈麻成襟帶雙珠惑漢皐蛾眉迷下蔡玉齒徒粲然誰與啟含貝

京兆歌　通典曰京兆馮翊扶風皆古雍州之域秦始皇以為內史漢景帝二年分置左右內

史武帝改左內史爲左馮翊右內史爲右扶風後與京兆號三輔

齊陸厥

兔園夾池水脩竹復檀欒不如黃山苑儲胥與露寒邐迤傍無界岑崟鬱上干上干入翠微下趾連長薄芳露浸紫莖秋風搖素蕚鴈起宵未央雲間月將落照梁桂兮影裵回承露盤兮光照灼壽陵之街走狐兔金匜玉盌會銷鑠願奉蒲萄花爲君實羽爵岑崟一作嶔岑

左馮翊歌　齊陸厥

上林滈紫泉離宮赫千戶飛鳴亂鳧鴈參差襍蘭杜比翼獨未羣連葉誰爲伍一物或難致無云泣易覩

中山孺子妾歌二首

漢書曰詔賜中山靖王子噲及孺子妾冰未央才人歌詩四篇如淳曰孺子幼少稱孺子妾宮人也顔師古曰孺子王妾之有品號者妾王之衆妾也冰其名才人天子內官按此謂以歌詩賜中山王及孺子妾未央才人等爾累言之故云及也而陸厥作歌乃謂之中山孺子妾失之遠矣藝文志又曰臨江王及愁思節士歌詩四篇李夫人及幸貴人歌詩三篇亦皆累辭也

齊陸厥

未央才人中山孺子一笑傾城一顧傾市傾城不自美傾市復爲容願把陵陽袖披雲望九重

如姬寢臥內班婕坐同車洪波陪飲帳林光宴秦餘歲暮寒飇及秋水落芙蕖于瑕矯後駕安陵泣前魚賤妾終已矣君子定焉如婕一作妾賤妾終已矣一作賤妾恩已畢

未央才人歌　梁庾肩吾

從來守未央轉欲訝春芳朝風凌日色夜月奪燈光相逢黨遊豫暫爲卷衣裳

臨江王節士歌　齊陸厥

木葉下江波連秋月照浦雲歇山秋思不可裁復帶秋風來秋風來已寒白露驚羅紈節士慷慨髮衝冠彎弓挂若木長劒竦雲端

李夫人及貴人歌　齊陸厥

屬車桂席塵豹尾香煙滅彤殿向蘼蕪青蒲復萎絕坐萎絕對蘼蕪臨丹階泣椒塗寡鶴羈雌飛且止雕梁翠

壁網蜘蛛洞房明月夜對此淚如珠丹一作玉

古樂苑卷第三十七終

古樂苑卷第三十八

西吳　梅鼎祚　補正

東越　呂胤昌　校閱

襍曲歌辭　梁

東飛伯勞歌　一云紹古歌玉臺藝文樂府作古辭　梁武帝

東飛伯勞西飛鷰黃姑織女時相見誰家兒女對門居開顏發豔照里閭南牕北牖桂月光羅帷綺帳脂粉香女兒年幾十五六窈窕無雙顏如玉三春已暮花從風空留可憐誰與同

同前　二首英華作紹古歌　梁簡文帝

翻階蛺蝶戀花情容華飛燕相逢迎誰家總角岐路陰
裁紅點翠愁人心天窓綺井曖徘徊珠簾玉篋明鏡臺
可憐年幾十三四工歌巧舞入人意白日西落楊柳垂
含情弄態兩相知
西飛迷雀東羈雉倡樓秦女乍相值誰家妖麗鄰中止
輕粧薄粉光閭里網戶珠綴曲瓊鉤芳茵翠被香氣流
少年年幾方三六含嬌聚態傾人目餘香落蕊坐相催
可憐絕世誰爲媒一作爲誰媒

同前題云擬古應教英華作簡文帝　劉孝威

雙棲翡翠兩鴛鴦巫雲洛月乍相望誰家妖冶折花枝

衫長釧動任風吹金鋪玉鎖瑠璃扉花鈿寶鏡織成衣

美人年幾可十餘含貝愕笑斂風裾珠丸出彈不可追

空留可憐持與誰（衫[illegible]一作蛾眉曼睇使情移金作肯）（上花[illegible]花鈿句作瓊筵玉笥金縷衣）

同前　　陳後主

池側鴛鴦春日鶯綠珠絳樹相逢迎誰家佳麗過淇上

翠釵綺袖波中漾雕軒繡戶花恒發珠簾玉砌移明月

年時二七猶未笄轉顧流盻鬟鬟低風飛蕊落將何故

可惜可憐空擲度（將一作時）

同前　　陸瑜

西王青鳥秦女鸞姮娥婺女慣相看誰家玉顏窺上路

粉色衣香襟風度九重樓檻芙蓉華四鄰照鏡菱花
新粧年幾纔三五隱幔藏羞臨綱戶然香氣歇不飛煙
空留可憐年一年

同前（一作紹古歌）　江摠

南飛烏鵲北飛鴻弄玉蘭香時會同誰家可憐出牕牖
春心百媚勝楊柳銀牀金屋挂流蘇寶鏡玉釵橫珊瑚
年時二八新紅臉宜笑宜歌羞更歛風花一去杳不歸
秖爲無雙惜舞衣

同前　隋辛德源

合歡芳樹連理枝荆王神女乍相隨誰家妖豔蕩輕舟

含嬌轉盼騁風流犀柂蘭橈翠羽蓋雲羅霧縠蓮花帶女兒年幾十六七玉面新粧映朝日落花從風飛度春空留可憐何處新

河中之水歌 藝文作古辭

梁武帝

河中之水向東流洛陽女兒名莫愁莫愁十三能織綺十四採桑南陌頭十五嫁爲盧家婦十六生兒字阿侯盧家蘭室桂爲梁中有鬱金蘇合香頭上金釵十二行足下絲履五文章珊瑚挂鏡爛生光平頭奴子擎履箱人生富貴何所望恨不早嫁東家王 擎一作提

閶闔篇 張衡西京賦曰表嶢闕於閶闔閶闔天門也立高闕以象之辭宗云紫微宮門名曰

閶闔也閶闔篇蓋出於此　梁武帝

西漢本佳妍金馬望甘泉衛尉屯兵上期門曉漏傳猶重河東賦欲知追神仙羽騎凌雲轉閶闔帶空懸長旗掃月窟鳳迹輾星躔但使丹砂就能令億萬年

上林　梁昭明太子統

千金騕褭騎萬斤流水車爭遊上林裏高蓋逗春華裏一作苑

大言許彥周詩話曰樂府記大言小言詩錄昭明辭而不書始於宋玉何也豈誤耶有説耶按此則大言細言在宋時亦已載樂府矣詩家直説曰宋玉大言賦并吞四夷飲枯河海跋越九州無所容止小言賦無内之中微物生焉比之無象言之無名視之則渺渺望之則冥冥離婁

爲之歎悶神明不能察其情二賦出於列子皆有託寓梁昭明太子大言詩細言詩雖祖宋玉而無謂君臣賡和以文爲戲

梁昭明太子統 下同

觀修鵾其若轍鮒視滄海之如濫觴經二儀而跼蹐六合以翶翔

細言

坐臥鄰空塵憑附蟭螟翼越咫尺而三秋度毫釐而九息

大言 並應令

沈約 下同

隘此大汎庭方知九垓局窮天豈彌指盡地不容足

細言

開館尺棰餘築榭微塵裏蝸角列州縣毫端建朝市

大言　王錫下同

欲遊五嶽迫不得申杖千里之木鱠橫海之鱗

細言

冥冥藹藹離朱不辯其實步蝸角而三伏經針孔而千日

大言　王規下同

俯身望日入下視見星羅嘘入風而爲氣吹四海而揚波

細言

針鋒於焉止息髮杪可以翱翔蚊眉深而易阻蟻目曠而難航

大言　張纘下同

河流既竭日月俱騰置羅微物動落雲鵬

細言

遨遊蟻目辨輕塵蚊睫成宇蝨如輪

大言　殷鈞下同

噫氣爲風揮汗成雨聊灼戴山龜欲持探遂古

細言

汎舟毛滴海爲政蝸牛國逍遥輕塵上指辰問南北

春江行　唐郭元振曰春江巴女曲也　梁簡文帝

客行秪念路相爭渡京口誰知堤上人拭淚空搖手

桃花曲　一作蕭子顯　梁簡文帝

但使新花豔得間美人簪何須論後實怨結子瑕心

金樂歌　通志作今樂歌　梁簡文帝

槐香欲覆井楊柳正藏鴉山鑪當無比玉構火熜賒牀頭辟繩結鏡上領巾斜鐵鑊種梁子銅樞生棗花開門抛水柱城按特言家　當一作好　柱一作店

同前　集云歌曲名詩　元帝

啼鳥怨別偶曙鳥憶離家石闕題書字金燈飄落花東

方曉星沒西山曉月斜縠衫迴廣袖團扇掩輕紗暫借青驄馬來送黃牛車沒一作渡

同前　　房篆

前溪流碧水後渚映青天登臺臨寶鏡開牕對綺錢玉顏光粉色羅袖拂金鈿春風散輕蝶明月映新蓮摘花競時侶催指及芳年

采菊篇　　梁簡文帝

月精麗草散秋株洛陽少婦絕妍姝相喚提筐采菊珠朝起露濕霑羅襦東方千騎從驪駒豈不下山逢故夫喚一作呼豈一作更

茱萸女　梁簡文帝

茱萸生狹斜結子復銜花遇逢纖手摘濫得映鈆華襟與鬟簪揷偶逐鬢鈿斜東西爭贈玉縱橫來問家不無夫婿馬空駐使君車

愛妾換馬 樂府解題曰愛妾換馬舊說淮南王所作疑淮南王即劉安也古辭今不傳 題云和人以妾換馬　梁簡文帝

功名幸多種何事苦生離誰言似白玉定是媿青驪必取匣中釧迴作飾金羈眞成恨不已願得路傍兒

同前 題云和王竟陵　劉孝威

驄馬出樓蘭一步九盤桓小史贖金絡良工送玉鞍龍

駿來甚易烏孫去實難麟膠妾猶有請爲急弦彈

同前　庾肩吾

渥水出騰駒湘川實應圖來從西北道去逐東南隅琴聲悲玉匣山路泣蘼蕪似鹿將含笑千金會不俱

同前　隋僧法宣

朱鬛飾金鑣紅粧束素腰似雲來躞蹀如雪去飄颻桃花含淺汗柳葉帶餘嬌騁先將獨立雙絶不俱標

行幸甘泉宮（漢書武帝太始三年正月行幸甘泉宮）梁簡文帝

雉歸海水寂裘來重譯通吉行五十里隨處宿離宮鼓聲恒入地塵飛上暗空尚書隨豹尾太史逐相風銅鳴

周國鏇旗曳楚雲虹倖臣射覆麗從妓新歌終董桃拜金紫賢妻侍禁中不羨神仙侶排煙逐駕鴻尚一作蔽妓一作騎

同前題末有歌字　劉孝威

漢家迎夏畢避暑甘泉宮棧車鳴里鼓駟馬駕相風校尉烏桓騎待制樓煩弓後旌猶五柞前笳度九嵕才人豹尾內御酒屬車中輦迴百子閣扇動七輪風鳴鐘休衛士披圖召後宮材官促校獵涼秋戲射熊涼秋一作秋來

名士悅傾城題云和湘東王藝文作昭明非　梁簡文帝

美人稱絕世麗色譬花叢雖居李城北住在宋家東教歌公主第學舞漢成宮多遊淇上水好在鳳樓中履高

疑上砌裾開特畏風衫輕見跳脫珠概雜青蟲垂絲透
帷幔落日度房櫳牕隔柳色井水照桃紅非憐江浦
珮羞使春閨空 往在一作往來 江浦一作交甫

同前 題云敬酬劉長史詠名士悅傾城 劉緩

不信巫山女不信洛川神何關別有物還是傾城人經
共陳王戲曾與宋家鄰未嫁先名玉來時本姓秦粉光
猶似面朱色不勝脣遙見疑花發聞香知異春釵長逐
鬟髮襪小稱腰身夜夜言嬌盡日日態還新工傾荀奉
倩能迷石季倫上客徒留目不見正橫陳 鬟一作鬢

獨處怨 司馬相如美人賦曰芳香郁烈黼帳高張有女獨處婉然在牀乃歌曰獨處室兮廓

無依思佳人兮情傷悲獨處怨蓋取諸此一作獨處愁　梁簡文帝

獨處恒多怨開幕試臨風彈棊鏡奩上傅粉高樓中自君征馬去音信不曾通只恐金屏掩明年已復空君一作從

樹中草一作蕭子顯　梁簡文帝

幸有青袍色聊因翠幄凋雖間珊瑚帶非是合歡條

半路溪樂府作元帝　梁簡文帝

相逢半路溪隔溪猶不渡望望判知是翩翩識行步摘贈蘭澤芳欲表同心句先將動舊情恐君疑妾妬將一作持

春情曲詞品曰梁簡文春情曲似七言律而末句又用五言王無功亦有此體又唐律之祖而唐辭瑞鷓鴣格韻似之今按其集題云春情初不言曲且陳隋人亦多春情詩楊氏或別有

據聊附于此

梁簡文帝

蝶黃花紫燕相追楊低柳合露塵飛已見垂鈎挂綠樹誠知淇水霑羅衣兩童夾車問不已五馬城南猶未歸鶯啼春欲駛無為空掩扉

倡樓怨節宋鄭樵樂府遺聲怨思二十五曲有倡樓怨節簡文又有倡婦怨情十二韻詩不錄

梁簡文帝

朝日斜來照戶春鳥爭飛出林片光片影皆麗一聲一轉煎心上林紛紛花落淇水漠漠苔浮年馳節流易盡何為忍憶含羞此疑二首

金閨思按閨思閨怨或敘棄捐或陳征戍大畧皆懷遠傷離之意魏曹植有閨情詩至梁陳

間始爲此題唐益多擬作矣郭左諸家俱不見載樂府遺聲有閨思閨怨秋閨怨今從之其他各以類附

梁簡文帝

遊子久不返妾身當何依日移孤影動羞覩燕雙飛

自君之別矣不復染膏脂南風送歸雁聊以寄相思

閨思　梁范雲

春草醉春煙深閨人獨眠積恨顏將老相思心欲然幾回明月夜飛夢到郎邊

同前　隋羅愛愛

幾當孤月夜遙望七香車羅帶因腰緩金釵逐鬢斜

春閨思　梁蕭子顯

金羈遊俠子綺機離思妾春度人不歸望花盡成葉

秋閨夜思　　梁簡文帝

非關長信别詎是良人征九重忽不見萬恨滿心生夕門掩魚鑰宵牀悲畫屏廻月臨牕渡吟蟲繞砌鳴初霜隕細葉秋風驅亂螢故粧猶累日新衣製未成欲知妾不寐城外擣砧聲驅一作吹

閨怨玉臺作蕭綸題云代秋胡婦閨怨　　梁元帝

蕩子從遊宦思妾守房櫳塵鏡朝朝掩寒衾夜夜空若非新有悦何事久西東知人相憶否淚盡夢啼中

同前二首　　吴均

胡笳屢悽斷，征蓬未肯還。妾坐江之介，君戍小長安。相去三千里，參商書信難。四時無人見，誰復重羅紈。春草可攬結，妾心正斷絕。綠鬢愁中改，紅顏啼裏滅。非獨淚成珠，亦見珠成血。願爲飛鵲鏡，翩翩照離別。飛鵲一作雙鵲

同前　劉孝儀

本無金屋寵，長作玉階悲。一乘西北麗，寧復城南期。永巷愁無歇，應門閉有時。空勞織素巧，徒爲團扇辭。匡牀終不共，何由橫自私。歇玉臺作盡

同前　陸罩

自憐斷帶日偏恨分釵時留步惜餘影含意結愁眉徒知今異昔空使怨成思欲以別離思獨向蘼蕪悲

同前 一云和陰梁州襍怨今從藝文　　鄧鏗

暫別猶添恨何忍別經時叢桂頻銷葉庭樹幾攀枝君言妾貌改妾畏君心移終須一相見併得兩相知

同前 題云閨怨篇　　陳江揔

寂寂青樓大道邊紛紛白雪綺窗前池上鴛鴦不獨自帳中蘇合還空然屏風有意障明月燈火無情照獨眠遼西水凍春應少薊北鴻來路幾千願君關山及早度念妾桃李片時妍

同前 藝文作江揔次閨怨篇下玉臺作梁簡文和蕭子顯春別

蜘蛛作絲滿帳中芳草結葉當行路紅臉脉脉一生啼黃鳥飛飛有時度故人雖故昔經新新人雖新復應故

同前　陳吴思玄

金風響洞房佳人心自傷淚隨明月下愁逐漏聲長燈前羞獨鵠枕上怨孤凰自覺鴛帷冷誰憐珠被凉

同前　周庾信

明鏡圓花發空房故怨多幾年留織女還應聽渡河

春閨怨　梁王僧孺

愁來不理鬢春至更攢眉悲看蛺蝶粉泣望蜘蛛絲月

耿寒蛩褥風吹翡翠帷飛鱗難託意駛翼不銜辭銜一作綴

同前　吳孜

玉關信使斷借問不相諳春光太無意窺牕來見參分與光音絶忽值日東南柳枝皆嬲燕桑葉復催蠶物色頓如此孀居自不堪

秋閨怨　梁王僧孺

斜光隱西壁暮雀上南枝風來秋扇屏月出夜燈吹深心起百際遥淚非一垂徒勞妾辛苦終言君不知

同前二首一云閨怨今從玉臺　何遜

竹葉響南牕月光照東壁誰知夜獨覺枕前雙淚滴

閨閤行人斷房櫳月影斜誰能北窻下獨對後園花集作誰知北窻下猶對後園花

同前　陳陰鏗

獨眠雖已慣秋來只自愁火籠恒煖脚行障鎮牀頭眉含黛俱歛啼將粉共流誰能無别恨唯守一空樓

離閨怨題云和蕭諮議岑　梁何遜

曉河没高棟斜月半空庭窻中度落葉簾外隔飛螢含情下翠帳掩涕閉金屏昔期今未返春草寒復青思君無轉易何異北辰星情一作悲涕一作泣

空閨怨　陳江揔

蕩婦怨獨守盧姬傷獨居瑟上調絃落機中織素餘白
羞淚無燥翻覺夢成虛復嗟長信閣寂寂往來踈

南征閨怨　　陳陰鏗

湘水舊言深征客理難尋獨愁無處道長悲不自禁逢
人憎解佩來鴻懶聽音唯當有夜鵲南飛似妾心來鴻一作從來

山家閨怨　　陳張正見

王孫春好遊雲髻不勝愁離鴻暫罷曲別路已經秋山
中桂花晚勿爲俗人留

同前　　李爽

山中多早梅荆扉達曙開竹巾君自拆荷衣誰爲裁行

雲無處所人住在陽臺

晚棲烏文苑英華作樂府姑從之隋虞世基有晚飛烏不錄

梁元帝

日暮連翩翼俱向上林棲風多前鳥駛雲暗後羣迷路遠聲難徹飛斜行未齊應從故鄉返幾過入蘭閨借問倡樓妾何如蕩子妻

攜手曲攜手曲梁沈約所制也樂府解題曰攜手曲言攜手行樂恐芳時不留君恩將歇也

梁沈約

舍轡下雕輅更衣奉玉牀斜簪映秋水開鏡比春粧所畏紅顏促君恩不可長鵷冠且容裔豈吝桂枝亡一作斜一作聯

同前　吴均

豔裔陽之春攜手清洛濱雞鳴上林苑薄暮小平津長裾藻白日廣袖帶芳塵故交一如此新知詎憶人

夜夜曲二首北斗一首一作簡文夜夜曲梁沈約所作也樂府解題曰夜夜曲傷獨處也　梁沈約

河漢縱且橫北斗橫復直星漢空如此寧知心有憶孤燈曖不明寒機曉猶織零淚向誰道雞鳴徒歎息

北斗闌干去夜夜心獨傷月輝橫射枕燈光半隱牀

同前二首後首樂府無名氏玉臺作簡文題云擬沈隱侯故附約後　簡文帝

靄靄夜中霜河開向曉光枕啼常帶粉身眠不著牀蘭膏盡更益薰鑪滅復香但問愁多少便知夜短長

愁人夜獨傷滅燭臥蘭房秖恐多情月旋來照妾牀

樂未央　梁沈約

億舜日萬堯年詠湛露歌采蓮願襍百和氣宛轉金鑪前

六憶詩四首　梁沈約

憶來時灼灼上堦墀勤勤敘離別慊慊道相思相看常不足相見乃忘饑

憶坐時點點羅帳前或歌四五曲或弄兩三弦笑時應

無比嗔時更可憐

憶食時臨盤動容色欲坐復羞坐欲食復羞食含哺如不饑擎甌似無力

憶眠時人眠彊未眠解羅不待勸就枕更須牽復恐傍人見嬌羞在燭前

襍憶詩二首見隋遺錄題云效劉孝綽襍憶詩按劉集無此詩惟沈約有六憶詞品作煬帝

夜飲朝眠曲　隋煬帝

憶睡時待來剛不來卸粧仍索伴解佩更相催博山思結夢沈水未成灰

憶起時投籤初報曉被惹香黛殘枕隱金釵裊笑動林

中烏除却司晨烏笑動林中烏一作笑動上林中

征怨　梁江淹

蕩子從征久鳳樓簫管閉獨枕凋雲鬢孤燈損玉顔何日邊塵淨庭前征馬還

同前題云敬酬柳僕射　丘遲

清歌自信妍雅舞空僊僊耳中解明月頭上落金鈿雀飛且近遠暮入綺牕前魚戲雖南北終還荷葉邊惟見君行久新年非故年

登城怨　梁范雲

楚妃歌脩竹漢女奏幽蘭獨以閨中笑豈知城上寒

登高臺　　梁王僧孺

試出金華殿聊登銅雀臺九路平如掌千門洞已開軒車映日過簫管逐風來若非邯鄲美便是洛陽才（掌一作砥）

同前（題云宮殿名登高臺詩）　　陳祖孫登

獨有相思意聊敞鳳皇臺蓮披香稍上月明光正來離鵠將雲散飛花似雪廻遥思竹林友前牕夜夜開（鵠一作鶴）

古通用

滄海雀　　梁張率

大雀與黄口來自滄海區清晨啄原粒日夕依野株雖憂鷙鳥擊手長懷沸鼎虞况復隨時起翻飛不可拘寄言

挾彈子莫賤隋侯珠

清涼　梁張率

登臺待初景帳殿藹餘晨羅帳夕風濟清氣尚波人長簟涼可仰平莞溫未親幸願同枕席爲君横自陳

芳林篇　梁柳惲

芳林曄兮發朱榮時既晚兮隨風零隨風零兮返無期安得陽華遺所思

起夜來　樂府解題曰起夜來其辭意猶念疇昔思君之來也　梁柳惲

城南斷車騎閤道覆青埃露華光翠網月影入蘭臺洞

房且莫掩應門或復開颯颯秋桂響非君起夜來

獨不見（樂府解題曰獨不見傷思而不得見也）　梁柳惲

別島望雲臺天淵臨水殿芳草生未積春花落如霰出從張公子還過趙飛燕奉帚長信宮誰知獨不見

同前　王訓

日晚宜春暮風軟上林朝對酒近初節開樓蕩夜嬌石橋通小澗竹路上青霄持底誰見許長愁成細腰

同前　劉孝威

夫婿結纓簪偏蒙漢寵深中人引臥內副車遊上林綬染瑯琊草蟬鑄武威金分家移甲第留妾住河陰獨寢

鴛鴦被自理鳳皇琴誰憐雙玉筯流面復流襟

送歸曲　　梁吴均

送子獨南歸攬衣空閔默關山晝欲暗河氷夜向塞燕至他人鄉鴈去還誰國寄子兩行書分明達濟北

秦王卷衣　樂府解題曰秦王卷衣言咸陽春景及宮闕之美秦王卷衣以贈所歡也　梁吴均

咸陽春草芳秦帝卷衣裳玉檢茱萸匣金泥蘇合香初芳薰複帳餘輝耀玉牀當須晏朝罷持此贈龍陽　龍一作華

妾安所居　　梁吴均

賤妾先有寵蛾眉進不遲一從西北麗無復城南期何

因暫豔逸豈爲之姸姿徒有黄昏望寧遇青[illegible]時惟惜

應門掩方餘永巷悲匡牀終不共何由横自私因一作用

大垂手 樂府解題曰大垂手小垂手皆言舞而垂其手也隋江揔婦病行曰夫婿府中趨誰能大垂手是也又獨搖手亦與此同此與小垂手二首藝文作簡文帝

梁吴均

垂手忽迢迢飛燕掌中嬌羅衫恣風引輕帶任情搖詎似長沙地促舞不回腰

小垂手

梁吴均

舞女出西秦躡影舞陽春且復小垂手廣袖拂紅塵折腰應兩笛頓足轉雙巾蛾眉與曼臉見此空愁人

夾樹　梁吳均

桂樹夾長陂復值清風吹氛氳揉芳葉連綿交密枝能迎春露點不逐秋風移願君長惠愛當使歲寒知

城上麻　梁吳均

麻生滿城頭麻葉落城溝麻莖左右披溝水東西流少年感恩命奉劒事西周但令直心盡何用返封矦

邊城將四首　梁吳均

塞外何紛紛胡騎欲成羣爾時始應募來投霍冠軍刀含四尺影劒抱七星文袖間血灑地車中旌拂雲輕軀如未殯終當厚報君

僕本邊城將馳射靈關下箭銜鴈門石氣振武安瓦動輕賞縻丘名高拜横野留書應鑿楹傳功須勒社徒傾七尺命酬恩終自寡

聞君報一飡遠送出平野玉標丹霞劍金絡豔光馬高旗入漢飛長鞭歷地寫曙星海中出曉月山頭下歲晏坐論功自有恩臣者

臨淄重蹴踘曲城好擊刺不要身後名專騁眼前智君看班定遠立功不負義掣拽一丈旗躑躅雙兔騎但問相知否死生無險易

春怨

梁吴均

四時如湍水飛奔競迴復夜烏響嚶嚶朝花照煜煜厭見花成子多看筍成竹萬里斷音書十載異棲宿積愁落芳鬢長啼壞美目君去往榆關妾留住函谷唯對昔耶房如愧蜘蛛屋獨喚響相酬還持影自逐象牀易氈簟羅衣變單複幾過度風霜猶能保煢獨成一作爲

江潭怨一作贈別新林　梁吴均

僕本幽并兒抱劍事邊陲風亂青絲絡霧染黄金羈天子既無賞公卿竟不知去去歸去來還傾鸚鵡杯氣爲故交絶心爲新知開但令寸心是何須銅雀臺

邊城思　梁何遜

柳黄未吐葉水綠半含苔春色邊城動客思故鄉來

南征曲　　梁蕭子顯

櫂歌來揚女操舟驚越人圖蛟怯水伯照鷁竦江神

同前 題云南征　　陳蘇子卿

一朝遊桂水萬里別長安故鄉夢中近邊愁酒上寬劍鋒但須利戎衣不畏單南中地氣暖少婦莫愁寒

春思 按李白集春思秋思並編入樂府蕭子雲已有此豈白亦擬梁人耶　　梁蕭子雲

春風蕩羅帳餘花落鏡奩池荷正捲葉庭柳復垂簷竹柏君自改團扇妾方嫌誰能憐故素終爲泣新縑 簷一作簾

秋思 顏氏家訓曰蘭陵蕭慤工於篇什嘗有秋思詩云芙蓉露下落楊柳月中疏時人未之賞也吾愛其蕭散宛然在目頴川荀仲舉瑯琊諸葛漢亦以爲爾而盧思道之徒雅所不愜

北齊蕭慤

清波收潦日華林鳴籟初芙蓉露下落楊柳月中疎燕幃緗綺被趙帶流黃裾相思阻音息結夢感離居 息玉臺作信

襍曲 二首

梁王筠

烏還夜已逼蟲飛曉尚賖桂月徒留影蘭燈空結花 烏一作鳥

可憐洛城東芳樹搖春風丹霞映白日細雨帶輕虹

同前 江揔徐陵同賦　　陳傅縡

新人新寵住蘭堂，翠帳金屛玳瑁牀。叢星不似珠簾色，度月還同粉壁光。從來著名推趙子，復有丹脣發皓齒。一嬌一態本難逢，如畫如花定相似。樓臺宛轉曲皆通，弦管逶迤徹下風。此殿笑語長相共，傍省歡娛不復同。訝許人情太厚薄，分恩賦念能斟酌。多作繡被爲雙鴛，長弄綺琴憎別鶴。人今投寵要須堅，會使歲寒恒度前。共取辰星作心抱，無轉無移千萬年。牀一作梁，同作如，長相作恒長，雙鴛一作鴛鴦

同前　　徐陵

傾城得意巳無儔洞房連閣未消愁宮中本造鴛鴦殿
爲誰新起鳳皇樓綠黛紅顔兩相發千嬌百念情無歇
舞衫廻袖勝春風歌扇當牕似秋月碧玉宮妓自翩妍
絳樹新聲最可憐張星舊在天河上從來張姓本連天
二八年時不憂度傍邊得寵誰應妬立春曆日自當新
正月春幡底須故流蘇錦帳挂香囊織成羅幌隱燈光
祇應私將琥珀枕暝暝來上珊瑚牀最一作自應一作相

同前三首　江揔

行行春逕蘼蕪綠織素那復解琴心乍愜南階悲綠草
誰堪東陌怨黃金紅顔素月俱三五夫壻何在今追虜

關山隴月春雪氷誰見人啼花照戶氷一作深 追一作征

殿內一處起金房併勝餘人白玉堂珊瑚挂鏡臨網戶

芙蓉作帳照雕梁房櫳宛轉垂翠幕佳麗逶迤隱珠箔

風前花管颺難留舞處花鈿低不落陽臺通夢太非真

洛浦淩波復不新曲中唯聞張女調定有同姓可憐人

但願私情賜斜領不願傍人相比並妾門逢春自可榮

君面未秋何意冷併玉臺作便 張女調一作張女曲

泰山言應可轉移新寵不信更參差合歡錦帶鴛鴦鳥

同心綺袖連理枝皎皎新秋明月開早露飛螢暗裏來

鯨燈落花殊未盡虬水銀箭莫相催非是神女期河漢

別有仙姬入吹臺未眠解着同心結欲醉那堪連理杯後宮不愜茱萸芳夜夜爭開蘇合房寶釵翠髩還相似朱唇玉面非一行新人未語言如澀新寵無前判不臧願奉更衣蘭麝氣恐君馬到自驚香

遺所思 樂府遺聲怨思二十五曲有遺所思按楚辭九歌云折芳馨兮遺所思疑本出此 梁劉孝綽

遺簪彫玳瑁贈綺織鴛鴦未若華滋樹交枝蕩子房別前秋已落別後春更芳所思不可寄唯憐盈袖香

舞就行 梁劉孝儀

依歌移弱步傍竹艷新粧徐來翻應節亂去反成行

雀乳空井中（晉傅玄詩曰鵲巢丘城側雀乳空井中居不附龍鳳常畏虵與蟲依賢義不恐近暴自當窮於雀乳空井中亦非樂府） 梁劉孝威

遠去條支國心知漢德優聊棲丞相府過令黃霸羞挾子須閑地空井共尋求轆轤絲綆絕桔槔冬蘚周將憐羽翼長唯辭各背遊（優一作休 長一作張）

半渡溪（樂府解題曰半渡溪言戰而半涉溪水見迫所言皆嶺南地里與武溪深相類梁元帝又有半路溪則言相逢隔溪已識行步辭旨與此全殊） 梁劉孝威

本廁偏伍伴一戰殄凶渠制賜文犀節驛報紫泥書入營陳御蓋還家乘紫車皇恩空以重丹心恨不紓渡瀘且不畏淩溪嗟有餘（空以重一作知已重）

寒夜怨

樂府解題曰晉陸機獨寒吟云雪夜遠思君寒牕獨不寐但叙相思之意爾陶弘景有寒夜怨梁簡文帝有獨處愁亦皆類此詞品曰陶弘景寒夜怨後世塡辭梅花引格韻似之後換頭微異

梁陶弘景

夜雲生夜鴻驚悽切嘹唳傷夜情空山霜滿高煙平鈆華沈照帳孤明寒月微寒風緊愁心絕愁淚盡情人不勝怨思來誰能忍

告遊篇

梁陶弘景

性靈昔既肇緣葉久相因即化非冥滅在理淡悲欣冠劒空衣影鑣轡乃仙身去此昭軒侶結彼瀛臺賓儻能踵留轍爲子道玄津

遥夜吟　　梁宗夬

遥夜復遥夜遥夜憂未歇坐對風動帷臥見雲間月

荆州樂三首 荆州樂蓋出於清商曲江陵樂荆州即江陵也有紀南城在江陵縣東梁簡文帝荆州歌云紀南城里望朝雲雉飛麥熟妾思君是也又有紀南歌亦出於此　　梁宗夬

迢遞樓雉懸參差臺觀襍城闕自相望雲霞紛颯沓

章華遊獵去紀郢從禽歸溶溶紫煙合鬱鬱紅塵飛

朝發江津路暮宿靈溪道平衢廣且直長楊鬱裊裊

迎客曲 詞品曰古者宴客有迎客送客曲亦猶祭祀有迎神送神也　　梁徐勉

絲管列舞席陳含聲未奏待嘉賓羅絲管舒舞席斂袖嘿脣迎上客

送客曲　梁徐勉

袖續紛聲委咽餘曲未終高駕別爵無筭景巳流空紆長袖客不留

採荷調　樂府廣題曰梁太尉從事中郎江從簡年十七有才思爲採荷調以刺何敬容敬容覽之不覺嗟賞愛其巧麗敬容時爲宰相一作採蓮諷　梁江從簡

欲持荷作柱荷弱不勝梁欲持荷作鏡荷暗本無光

發白馬　通典曰白馬春秋時衛國曹邑有黎陽津一曰白馬津酈生云守白馬之津是也發白馬言征戍而發兵於此也　梁費昶

家本樓煩俗召募羽林兒怖羌角觝戲習戰昆明池弓弢不復挽劒衣恒露鈹一辭豹尾內長別屬車垂白馬今雖發黃河未結澌寄言閨中婦逢春心勿移

濟黃河 題云應教 梁謝微

積陰晦平陸淒風結暮序朝辭金谷戍夕逗黃河渚赤兔徒聯翩青鳧詎容與淚甚聲難發悲多袖未舉虛薄謬君恩方嗟別宛許戍一作樹

同前 題云奉和濟黃河應教慤本梁人此疑與謝微同作 北齊蕭慤

大蕃連帝室驂駕奉皇猷未明驅羽騎凌晨方畫舟津城度維錦岸柳夾緹油鐘聲颺別島旗影照蒼流早光

生劔服朝風起節樓滔滔細波動喬喬輕舷浮廻橈避近磧放舳下前洲全疑上天漢不異謁蓬丘望知雲氣合聽識水聲秋從君何等樂喜從神仙遊鐘一作鐃

同前六朝聲偶作柳顧言　陳江揔

蔥山淪外域鹽澤隱遐方兩源分際遠九道泒流長未彈所聞見無待驗詞章留連嗟太史惆悵踐黎陽導波縈地節疏氣耿天潢惘周沉用寶嘉誓擘爲梁節一作脉

陵雲臺魏志曰文帝黃初元年十二月初營洛陽宮戊午幸洛陽三年築陵雲臺劉義慶世說曰陵雲臺樓觀精巧先秤衆木輕重然後構造無錙銖相負揭臺高峻恒隨風動搖揚龍蠰洛陽記曰陵雲臺高二十三丈登之見孟津也　梁謝舉

綺甍懸桂棟隱暖傍喬柯勢高凌玉井臨迴度金波易覺涼風至早飛秋鴈過高臺相思曲望遠騷人歌幸屬此迢遞知承雲霧多屬一作矚

同前　周王褒

高臺懸百尺中夕殊未窮北臨酸棗寺西眺明光宮城旁抵雙府林裏對相風書題鹿盧觽觀寫飛廉銅總開神女電梁映美人虹虞捐濫天寵鄭脅特懷忠莊生垂翠釣昭儀抵闘熊馳輪有盈缺人道亦汙隆還念西陵舞非復鄴城中抵一作拒

伍子胥　梁鮑機

忠孝誠無報感義本捐身日暮江波急誰憐漁丈人楚墓悲猶在吳門恨未申（猶一作空　恨一作怨）

建興苑（題云遊建興苑）　梁紀少瑜

丹陵抱天邑紫淵更上林銀臺懸百仞玉樹起千尋水流冠蓋影風揚歌吹音踟躕憐拾翠顧步惜遺簪日落庭光轉方幔屢移陰願言樂未極不道愛黃金（幔一作幰　願一作終）

短簫　梁張嵊

促柱弦始繁短簫吹初亮舞袖拂長席鐘音由簴颺已落簷光間復繞梁塵上時屬清夏陰恩暉亦非望

田飲引　梁朱异

卜田宇兮京之陽面清洛兮背脩邙屬風林之蕭瑟值寒野之蒼茫鵬紛紛而聚散鴻冥冥而遠翔酒流兮俱發雲沸兮波揚豈味薄於東魯鄙蜜甜于南湘於是客有不速朋自遠方臨清池而滌器闢山牖而飛觴促膝兮道故久要兮不忘間談希夷之理或賦連翩之章闕

車馬行　梁戴暠

聳洛風塵處冠蓋相塡咽多稱魏其冷競隨田蚡熱輪趨白虎第珂聚黄金穴獻酒悉蒲萄詶言盡飛鐵東都虵已鑄西山緩應結期集類蒸煙晚至如吹雪于雲爾何事門巷無車轍

薄暮動弦歌　梁沈君攸

柳谷向夕沈餘日蕙樓臨砌徙斜光金戶半入叢林影
蘭徑時移落蘂香絲繩玉壺傳綺席秦箏趙瑟響高堂
舞裙拂履喧珠珮歌響出扇繞塵梁雲邊雪飛弦柱促
留賓但須羅袖長日暮歌鐘恒不倦處處行樂爲時康

羽觴飛上苑　楚辭曰瑤漿密勺實羽觴張衡西京賦曰促中堂之俠坐羽觴行而無筭羽觴謂杯上綴羽以速飲漢書音義曰羽觴作生爵形是也　梁沈君攸

上路薄晚風塵合禁苑初春氣色華石徑斷絲蘭蔓草
山流細沫擁浮花魚文熠爚含餘日鶴蓋低昂照落霞
隔樹銀鞍喧寶馬分衢玉軸動香車車馬處處盡成陰

班荊促席對芳林藤杯屢動情仍暢琴樽引滿趣彌深山陽倒載非難得宜城醇醞促須斟半醉驪歌應可奏上客莫慮擲黃金浮花一作浮槎

桂檝泛河中　梁沈君攸

黃河曲注通千里濁水分流引八川仙查逐源終未極蘇亭遺跡尚難遷耿耿雲根侵遠樹蒼蒼水氣襍遙天波影襍霞無定色湍文觸岸不成圓赤馬青龍交出浦飛雲蓋海遠凌煙蓮舟渡沙轉不礙桂檝距浪弱難前風急金烏翅自轉汀長錦纜影微懸楊人欲歌先扣枻津吏猶醉強持船河隄極望今如此行杯落葉詎虛傳

蘇亭一作漢帝襍一作合龍一作驪

晨風行

晨風本秦詩也晨風詩曰鴥彼晨風鬱彼北林傳曰鴥疾飛貌晨風鸇也言穆公招賢人賢人往之疾如晨風之入北林也王循霧開九曲瀆沈氏理檝令舟人但歌晨朝之風爾

梁王循

霧開九曲瀆風起千金堤岸回分野遥林際成牛蹊危隨落潮去日傍綺霞低望目輕舟隱瑟瑟遠寒悽還眺小平急宴語方難齊日一作日

同前　沈滿願

理檝令舟人停艫息旅泊河津念君劬勞冐風塵臨路揮袂淚沾巾飆流勁潤逝若飛山高帆急絕音徽留子

句句獨言歸中心煢煢將依誰風彌葉落永離索神往形返情錯漠循帶易緩愁難卻心之憂矣頗銷鑠

一旦歌 樂府無名次王臺卿詩後

一旦被頭痛避頭還着牀自無親伴侶誰當給水漿甯匐入山院正逢虎與狼對虎低頭啼垂淚淚千行

映水曲 梁沈滿願

輕鬢學浮雲雙蛾擬初月水澄正落釵萍開理垂髮

登樓曲 梁沈滿願

憑高川陸近望遠阡陌多相思隔重嶺相憶限長河一限作恨

越城曲 樂府作無名氏與登樓曲相次

別怨悽歌響離啼濕舞衣願假烏棲曲翻從南向飛

聽鐘鳴 梁書曰綜武帝第二子封豫章王綜母齊東昏美人武帝滅齊納之七月而生綜綜自以本東昏子及爲都督南兗州刺史聞齊建安王蕭寶寅在魏乃與數騎奔魏以爲侍中太尉綜既不得志嘗作聽鐘鳴悲落葉辭以申其志大畧曰云云當時見者莫不悲之南史事同而無其辭洛陽伽藍記曰洛陽城東建陽里有臺高三丈上作二精舍有鐘撞之聞五十里太后移在宮內凝閑室初豫章王蕭綜聞此鐘聲遂造聽鐘歌三首行于世按梁書二辭各三首似與記合但存其畧耳藝文詩彙所載與書頗異今附于後 梁蕭綜

聽鐘鳴當知在帝城參差定難數歷亂百愁生去聲懸窈窕來響急徘徊誰憐傳漏子辛苦建章臺

聽鐘鳴聽聽非一所懷瑾握瑜空擲去攀松折桂誰相許昔朋舊愛各東西譬如落葉不更齊漂漂孤雁何所栖依依別鶴夜半啼

聽鐘鳴聽此何窮極二十有餘年淹留在京域窺明鏡罷容色雲悲海思徒揜抑

悲落葉　梁蕭綜

悲落葉連翩下重疊落且飛從橫去不歸

悲落葉落葉悲人生譬如此零落不可持

悲落葉落葉何時還夙昔共根本無復一相關

聽鐘鳴此或聽鐘鳴全篇之一

歷歷聽鐘鳴當知在帝城西樹隱落月東牕見曉星霧露朏朏未分明烏啼啞啞已流聲驚客思動客情客思鬱縱橫翩翩孤鴈何所栖依依別鶴半夜啼今歲行已暮雨雪向淒淒飛蓬旦夕起楊柳尚翻低氣鬱結滂沱愁思無所託强作聽鐘歌

悲落葉此至高下任飄颺或是悲落葉全篇之一後云悲落葉落葉何時還或別一篇

悲落葉聯翩下重疊重疊落且飛從橫去不歸長枝交蔭昔何密黄鳥關關動相失夕葉襍凝露朝花翻亂日亂春日起春風春風春日此時同一霜兩霜猶可當五晨六旦已颯黄乍逐驚風舉高下任飄颺悲

落葉落葉何時還夙昔共根本無復一相關各隨灰

土去高枝難重攀綜終于魏詩紀編入北魏然其本傳在梁今附梁後

古樂苑卷第三十八終

古樂苑卷第三十九

西吳 梅鼎祚 補正
東越 呂胤昌 校閱

襍曲歌辭 陳 北齊 北魏 北周

陳 獨酌謡 四首

序曰齊人淳于髡善爲十酒偶效之作獨酌謡　陳後主

獨酌謡獨酌謡一酌豈陶暑二酌斷風飈三酌意不暢四酌情無聊五酌盂易覆六酌歡欲調七酌累心去八酌高志超九酌忘物我十酌忽凌霄凌霄異羽翼任致得飄飄寧學世人醉揚波去我遙爾非浮丘伯安

見王子喬

獨酌謠獨酌起中宵中宵照春月初花發春朝春花春月正徘徊一罇一弦當夜開聊奏孫登曲仍斟畢卓杯羅綺徒紛亂金翠轉遲回中心本如水凝志更同灰逍遥自可樂世語世情哉

獨酌謠獨酌酒難消獨酌三兩盌弄曲兩三調調弦忽未畢忽值出房朝更似遊春苑還如逢麗譙衣香逐嬌去眼語送杯嬌餘罇盡復益自得是逍遥

獨酌謠獨酌一樽酒樽酒傾未酌明月正當牖是牖非圓甕吾樂非擊缶自任物外歡更齊椿菌久卷舒乃一

卷忘情且十斗寧復語綺羅因情郎山藪

同前　陸瑜

獨酌謠芳氣饒一傾蕩神慮再酌動神飈忽逢鳳樓下非待鸞弦招窻明影乘入人來香逆飄杯隨轉態盡釧逐畫杯搖桂宮非蜀郡當壚也至宵

同前　沈炯

獨酌謠獨酌謠獨酌獨長謠智者不我顧愚夫余不要不愚復不智誰當余見招所以成獨酌一酌傾一瓢生涯本漫漫神理暫超超再酌矜許史三酌傲松喬頻煩四五酌不覺凌丹霄倏爾厭五鼎俄然賤九部彭殤無

異莽夷跖可同朝龍蠖非不屈鵬鷃但逍遥寄語號呶侶無乃大塵囂獨酌謡一無第二句不要一作未要

舞媚娘三首樂苑曰舞媚娘大舞媚娘並羽調曲也唐書曰高宗永徽末天下歌舞媚娘未幾立武氏爲皇后按陳後主已有此歌則永徽所歌蓋舊曲云 陳後主

樓上多嬌豔當窻併三五爭弄遊春陌相邀開繡戶轉態結紅裙合嬌拾翠羽留賓乍拂弦託意時移柱

淇水變新臺春鑪當夏開玉面含羞出金鞍排夜來一作夜晴

春日好風光尋觀向市傍轉身移佩響牽袖起衣香一作好多句二作戲隋開皇中太子勇嘗以歲首宴宮臣左庶子唐令則請自奏琵琶歌武媚娘之曲

同前　周庾信

朝來戶前照鏡含笑盈盈自看眉心濃黛直點額角輕黃細安祇疑落花謾去復道春風不還少年唯有歡樂飲酒那得留殘

古曲　陳後主

桂鈎影桂枝開紫綺袖逐風廻日明珠色偏亮葉盡衫香更來

同前　周王褒

青樓臨大道遊俠任淹留陳王金被馬秦女桂爲鈎馳輪洛陽巷鬬雞南陌頭薄暮風塵起聊爲清夜遊任一作盡

還臺樂 一作陸機題云飲酒樂樂苑曰飲酒樂商調曲也按此格調陸瓊爲是楊愼詞品曰唐人之破陣樂何滿子皆祖之　陳陸瓊

蒲萄四時芳醇瑠璃千鍾舊賓夜飲舞遲銷燭朝醒弦促催人春風秋月恒好驩醉日月言新

飲酒樂　無名氏

飲酒須飲多人生能幾何百年須受樂莫厭管弦歌

應龍篇 張正見應龍篇言龍未起時乃在淵底藏以喻君子隱居養志以待時也　陳張正見

應龍未起時乃在淵底藏非雲足不蹈舉則沖天翔譬彼野蘭草幽居常獨香清風播四遠萬里望芬芳隱居

可願志自見焉得彰

羇謠　陳孔仲智

芳杜觴春酒髣髴傷山時徒歌不成樂空以羇自悲羇悲懷土心遽復還山路迨及春復時無使春光暮

内殿賦新詩　陳江摠

兔影脉脉照金鋪虬水滴滴瀉玉壺綺翼雕甍邇清漢虹梁紫柱麗黃圖風高暗綠凋殘柳雨駛芳紅濕晩芙三五二八佳年少百萬千金買歌笑偏著故人織素詩願奉秦聲采蓮調織女今夕渡銀河當見淸秋停玉梭

紫一作桂蓮一作菱清一作新

燕燕于飛 衛莊姜送歸妾詩曰燕燕于飛差池其羽之子于歸遠送于野燕燕于飛蓋出於此若江摠辭詠雙燕而已題云詠燕燕于飛應詔　陳江摠

二月春暉暉雙燕理毛衣銜花弄藿蘼拂葉隱芳菲或在堂間戲多從幕上飛若作仙人履終向日南歸

姬人怨　陳江摠

天寒海水慣相知空牀明月不相宜庭中芳桂憔悴葉井上疎桐零落枝寒燈作花羞夜短霜鴈多情恒結伴非爲隴水望秦川直置思君腸自斷

姬人怨服散篇 文苑英華註曰江摠姬人怨二詩本集無及藝文類聚并是一篇　陳江摠

薄命夫婿好神仙逆愁高飛向紫煙金丹欲成猶百鍊
玉酒新熟幾千年妾家邯鄲好輕薄特忿仙童一丸藥
自悲行處綠苔生何悟啼多紅粉落莫輕小婦狎春風
羅襪也得步河宮雲車欲駕應相待羽衣未去幸須同
不學蕭史還樓上會逐嫦娥戲月中

蓮調　　陳祖孫登

長川落照日深浦漾清風弱柳垂江翠新蓮夾岸紅船
行疑汎迥月映似沈空願逐琴高戲乘魚入浪中

北魏悲平城　　北魏王肅

悲平城驅馬入雲中陰山常晦雪荒松無罷風

悲彭城 北史曰尚書令王肅於省中詠悲平城詩彭城王勰甚嗟其美欲使更詠乃失語云公可更爲誦悲彭城也勰有慚色瑩在座即云悲彭城王公自未見肅云可爲誦之瑩應聲爲之肅甚嗟賞勰亦大悅 北魏祖瑩

悲彭城楚歌四面起屍積石梁亭血流睢水裏

安定侯曲 北魏温子昇

封疆在上地鐘鼓自相和美人當窻舞妖姬掩扇歌

燉煌樂 通典曰燉煌古流沙地黑水之所經焉秦及漢初爲月支匈奴之境武帝開其地後分酒泉置燉煌郡 北魏温子昇

客從遠方來相隨歌且笑自有燉煌樂不減安陵調

同前 二首一作燉煌子 隋王胄

長途望無已高山斷還續意欲此念時氣絶不成曲
極目眺脩塗平原忽超遠心期在何處望望崦嵫晚

涼州樂歌二首　北魏温子昇

遠遊武威郡遥望姑臧城車馬相交錯歌吹日縱横
路出玉門關城接龍城坂但事弦歌樂誰道山川遠

結襪子

帝王世紀曰文王伐崇侯虎至五鳳墟襪係解顧左右無可使者乃俯而結之武王至商郊牧野誓衆左仗黄鉞右秉白旄王襪解莫肯與王結王乃釋旄俯而結之漢書曰王生者善爲黄老言處士嘗召居廷中公卿盡會立王生老人曰吾韈解顧謂張釋之爲我結韈釋之跪而結之既已人或讓王生獨奈何廷辱張廷尉如此王生曰吾老且賤自度終亾益於張廷尉廷尉方天下名臣吾故聊使結韈欲以重之諸公聞之賢王生而重釋之

誰能訪故劒會自逐前魚裁紈終委篋織素空有餘　北魏温子昇

擣衣　宋謝惠連有擣衣詩後多擬作不入樂府子昇此篇郭左亦不見載然相傳爲樂府也唐劉希夷李白樂府並有擣衣篇　北魏温子昇

長安城中秋夜長佳人錦石擣流黃香杵紋砧知近遠傳聲遞響何凄涼七夕長河爛中秋明月光螮蝀塞邊絕候鴈鴛鴦樓上望天狼

千里思　北魏祖叔辨

細君辭漢宇王嬙卽虜衢寂寂人遥阻迢迢天路殊憂來似懸旆淚下若連珠無因上林鴈但見邊城蕪

楊白花

梁書曰楊華武都仇池人也少有勇力容貌雄偉魏胡大后逼通之華懼及禍乃率其部曲來降胡太后追思之不能已爲作楊白華歌辭使宮人晝夜連臂蹋足歌之聲甚悽惋南史曰楊華本名白花奔梁後名華魏名將楊大眼之子

北魏胡太后

陽春二三月楊柳齊作花春風一夜入閨闥楊花飄蕩落南家含情出戶脚無力拾得楊花淚沾臆秋去春還雙燕子願啣楊花入窠裏

野客叢書云今市井人言快樂則有唱楊白花之說

阿那瓌

北史曰阿那瓌蠕蠕國主也蠕蠕之爲國冬則徙渡漠南夏則還居漠北通典曰蠕蠕自拓跋初徙雲中即有種落後魏大武神䴥中彊盛盡有匈奴故地阿那瓌孝明帝時蠕蠕國主辭云匈奴主也

聞有匈奴主雜騎起塵埃列觀長平坂驅馬渭橋來

北齊 **永世樂** 隋書樂志曰後魏太武平河西得西涼樂其歌曲有永世樂 北齊魏收

綺牕斜影入上客酒須添翠羽方開美鉛華汗不霑關門今可下落珥不相嫌

清歌發 北齊劉逖

扇中遍曼臉曲裏奏陽春久應迷座客何啻起梁塵

醻面辭 虞世南史畧曰北齊盧士深妻崔林義之女有才學春日以桃花醻兒面呪曰 北齊崔氏

取紅花取白雪與兒洗面作光悅取白雪取紅花與兒洗面作妍華取花紅取雪白與兒洗面作光澤取雪白

取花紅與兒洗面作華容

勑勒歌

樂府廣題曰北齊神武攻周玉壁士卒死者十四五神武恚憤疾發周王下令曰高歡鼠子親犯玉壁劒弩一發元兇自斃神武聞之勉坐以安士衆悉引諸貴使斛律金唱勑勒神武自和之其歌本鮮卑語易爲齊言故其句長短不齊碧溪漫志云金不知書同於劉項能發自然之妙韓昌黎琴操雖古涉於摹擬未若金出性情爾按此則即爲金作矣然其本文特謂神武使金唱自和之耳恐非金所作也

勑勒川陰山下天似穹廬籠蓋四野天蒼蒼野茫茫風吹草低見牛羊

北周 孀婦吟 北周蕭撝

寒夜靜房櫳孤妾思偏叢最悲生聚紺黛淚下浸粧紅蓄

恨縈心裏含啼歸帳中會須明月落那恐見牀空

高句麗

通典曰高句麗東夷之國也其先曰朱蒙本出於夫餘朱蒙善射國人欲殺之遂弃夫餘東南走渡普述水至紇升骨城居焉號曰句麗以高為氏按唐亦有高麗曲李勣破高麗所進後改夷則引者是也詞品曰王褒高句驪與陳陸瓊飲酒樂同調葢疆場限隔而聲調元通也

北周王褒

蕭蕭易水生波燕趙佳人自多傾杯覆盌漼漼垂手奮袖婆娑不惜黃金散盡只畏白日蹉跎

步虛辭

十首樂府解題曰步虛詞道家曲也備言衆仙縹緲輕舉之美

北周庾信

渾成空教立元始正塗開赤玉靈文下朱陵真氣來中

天九龍館倒景八風臺雲度弦歌響星移空殿廻青衣
上少室童子向蓬萊逍遥聞四會倏忽度三災
無名萬物始有道百靈初寂絶乘丹氣玄冥上玉虚三
元隨建節八景逐廻輿赤鳳來銜璽青鳥入獻書壞机
仍成机枯魚還作魚棲心浴日館行樂止雲墟
凝真天地表絶想寂寥前有象猶虚豁忘形本自然開
經壬子歲值道甲申年廻雲隨舞曲流水逐歌弦石髓
香如飯芝房脆似蓮停鸞讌瑶水歸路上鴻天歲一作世
道生乃太一守靜即玄根中和練九氣甲子謝三元居
心受善水教學重香園鳧留報關吏鶴去晝城門更以

欣無迹還來寄絕言

洞靈尊上德虞石會明眞要妙思玄牝虛無養谷神丹丘乘翠鳳玄圃馭班麟移棃付苑吏種杏乞山人自此逢何世從今復幾春海無三尺水山成數寸塵紀一作統東明九芝蓋北屬五雲車飄颻入倒景出沒上煙霞春泉下玉溜青鳥向金華漢帝看桃核齊侯問棗花上元應送酒來向蔡經家陝西石刻云應逐上元酒同來訪蔡家屬一作燭溜一作霤歸心遊太極回向入無名五香芬紫府千燈照赤城鳳林採珠實龍山種玉榮夏簧三舌響春鐘九乳鳴絳河應遠別黃鵠來相迎夏簧三舌響一作夏笛三山響

北闕臨玄水南宮生絳雲龍泥印玉策大火練真文上元風雨散中天歌吹分靈駕千尋上空香萬里聞闕一作閣生一作坐大一作天

地鏡階基遠天牕影迹深碧玉成雙樹空青爲一林鵠巢堪鍊石蜂房得煑金漢武多驕慢淮南不小心蓬萊入海底何處可追尋一一作迴麟洲一海濶玄圃半天高浮丘迎子晉若士避盧敖經飡林慮李舊食綏山桃成丹須竹節刻髓用蘆刀無妨隱士去卽是賢人逃

同前二首　隋煬帝

洞府凝玄液靈山體自然俯臨滄海島回出大羅天八行分寶樹十丈散芳蓮懸居燭日月天步役風煙躡記書金簡乘空誦玉篇冠法二儀立佩帶五星連瓊軒觶甘露瑜井挹膏泉南巢息雲馬東海戲桑田回旗遊八極飛輪入九玄高蹈虛無外天地乃齊年

摠轡行無極相推凌太虛翠霞承鳳輦碧霧翼龍輿輕舉金臺上高會玉林墟朝遊度圓海夕宴下方諸

楊柳歌　北周庾信

河邊楊柳百丈枝別有長條宛地垂河水衝激根株危倏忽河中風浪吹可憐巢裏鳳皇兒無故當年生別離

流槎一去上天池織女支機當見隨誰言從來𨻶數國

直用東南一小枝昔日公子出南皮何處相尋玄武陂

駿馬翩翩西北馳左右彎弧仰月支連錢障泥渡水騎

白玉手板落盤螭君言丈夫無意氣試問燕山那得碑

鳳皇新管蕭史吹朱鳥春窻玉女窺衔雲酒盃赤瑪瑙

照日食螺紫琉璃百年霜露奄離披一旦功名不可爲

定是懷王作計誤無事翻復用張儀不如飲酒高陽池

日暮歸時倒接䍦武昌城下誰見移官渡營前那可知

獨憶飛絮鵝毛下非復青絲馬尾埀欲與梅花留一曲

共將長笛管中吹當一作將 可一作得

古樂苑卷第三十九終

古樂苑卷第四十

西吳　梅鼎祚　補正

東越　呂胤昌　校閱

襍曲歌辭 隋

江都宮樂歌　隋煬帝

揚州舊處可淹留臺榭高明復好遊風亭芳樹迎早夏長皐麥隴送餘秋淥潭桂檝浮青雀果下金鞍駕紫騮綠觴素蟻流霞飲長袖清歌樂戲州駕一作躍

喜春遊歌二首　隋煬帝

禁苑百花新佳期遊上春輕身趙皇后歌曲李夫人

步緩知無力臉慢動餘嬌錦袖淮南舞寶襪楚宮腰

錦石擣流黃二首　隋煬帝

漢使出燕然愁閨夜不眠易製殘燈下鳴砧秋月前
今夜長城下雲昏月應暗誰見倡樓前心悲不成擣

紀遼東二首　通典曰高句麗自東晉以後居平壤城亦曰長安城隨山屈曲南臨浿水在遼東南復有遼東玄菟等數十城隋書曰大業八年煬帝復高麗度遼水大戰于東岸擊賊破之進圍遼東是也　隋煬帝

遼東海北翦長鯨風雲萬里清方當銷鋒散馬牛旋師
宴鎬京前歌後舞振軍威飲至解戎衣判不徒行萬里
去空道五原歸

秉旄仗節定遼東俘馘變夷風清歌凱捷九都水歸宴
雒陽宮策功行賞不淹留全軍藉智謀詎似南宮復道
上先封雍齒侯

同前 和帝作 二首　　王胄

遼東浿水事龔行俯拾信神兵欲知振旅旋歸樂爲聽
凱歌聲十乘元戎纔渡遼扶濊已冰消詎似百萬臨江
水按轡空迴鑣

天威電邁舉朝鮮信次即言旋還笑魏家司馬懿迢迢
用一年鳴鑾詔蹕發淆潼合爵及疇庸何必豐沛多相
識比屋降堯封

持檝篇 隋遺錄曰帝幸江都至汴帝御龍舟蕭妃乘鳳舸每舟擇妙麗女子千人執雕板鏤金檝號爲殿脚女中有吳絳仙者柔麗不與羣輩齒因有寵於帝帝每倚簾視絳仙移時不去因吟持檝篇以賜之

隋煬帝 下同

舊曲歌桃葉新粧豔落梅將身倚輕檝知是渡江來

鳳艒歌 廣五行志曰隋煬帝三月三日江上作鳳艒歌乃唐興之兆

三月三日向江頭正見鯉魚波上游意欲垂鈎往撩取恐是蛟龍還復休

迷樓歌 迷樓記曰大業九年帝將再幸江都有迷樓宮人夜歌云云帝聞其歌披衣起聽召宮女問之云孰使汝歌也汝自爲之邪宮女曰臣有弟在民間曰道途兒童多唱此帝默然久之曰天啟之也因索酒自歌云云後帝幸江都唐帝起兵入京焚迷樓火經月不滅前謠前詩

皆見矣

隋煬帝

宮木陰濃燕子飛興衰自古漫成悲它日迷樓更好景宮中吐豔變紅輝

迷樓宮人歌　杭靜

河南楊柳樹河北李花營楊柳飛綿何處去李花結果自然成李花營一作李桃榮楊柳飛綿何處去一作楊花飛去去何處

望江南海山記曰煬帝闢地周二百里爲西苑內爲十六院聚巧石爲山鑿池爲五湖四海又鑿北海周迴四十里中有三山效蓬萊方丈瀛洲上皆臺榭迴廊水深數丈開溝通五湖北海盡通行龍鳳舸帝多泛東湖因制湖上曲望江南八闋云樂府雜錄曰望江南者朱崖李太尉鎮關西日爲亡妓謝秋娘所撰本名謝秋娘後改此名亦曰夢江南西溪叢語曰李太尉鎮

關西日爲亡姬謝秋娘作後進入教坊楊慎詞品曰傳奇有煬帝望江南數曲不類六朝人語傳疑可也

隋煬帝

湖上月偏照列仙家水浸寒光鋪枕簟浪攪晴影走金蛇偏稱泛靈槎　光景好輕彩望中斜清露冷侵銀兔影西風吹落桂枝花開宴思無涯

湖上柳煙裏不勝垂宿霧洗開明媚眼東風搖弄好腰肢煙雨更相宜　環曲岸陰覆畫橋低線拂行人春晚後絮飛晴雪暖風時幽意更依依

湖上雪風急墮還多輕片有時敲竹戶素華無韻入澄波望外玉相磨　湖水遠天地色同和仰面莫思梁苑

賦朝來且聽玉人歌不醉擬如何

湖上草碧翠浪通津脩帶不爲歌舞緩濃鋪堪作醉人茵無意襯香衾　晴霽後顏色一般新遊子不歸生滿地佳人遠意寄青春留咏卒難伸

湖上花天水浸靈芽淺蕊水邊匀玉粉濃苞天外剪明霞只在列仙家　開爛熳插鬢若相遮水殿春寒幽冷豔玉軒晴照暖添華清賞思何賒

湖上女精選正輕盈猶恨乍離金殿侶相將盡是採蓮人清唱謾頻頻　軒內好嬉戲下龍津玉管朱絃聞盡夜踏青鬬草事青春玉輦從羣眞

湖上酒終日助清歡檀板輕聲銀甲緩醅浮香米玉蛆
寒醉眼暗相看　春殿晚仙豔奉杯盤湖上風光眞可
愛醉鄉天地就中寬帝主正清安

湖上水流遶禁園中叙日暖搖清翠動落花香暖衆紋
紅蘋末起清風　閑縱目魚躍小蓮東泛泛輕搖蘭棹
穩沇沇寒影上仙宮遠意更重重

東征歌　文中子世家曰隋仁壽三年文中子西遊長安見文帝奏太平十有二策帝下其議於公卿公卿不悅文中子知謀之不用賦東征之歌而歸帝聞而再徵之不至

隋王通

我思國家兮遠遊京畿忽逢帝王兮降禮布衣遂懷古

人之心兮將興太平之基時異事變兮志乖願違吁嗟
道之不行兮垂翅東歸皇之不斷兮勞身西飛

河曲遊 魏文帝與吳質書曰時駕而遊北遵河曲 隋盧思道

鄴下盛風流河曲有名遊應徐託後乘車馬踐芳洲丰
茸雞樹密遙裔鶴煙稠日上疑高蓋雲起類重樓金羈
自沃若蘭棹成夷猶懸匏動清吹采菱轉豔謳還珂響
金埒歸袂拂銅溝唯畏三春晚勿言千載憂

城南隅讌 曹植與丁儀詩曰吾與二三子曲讌此城隅則此本詩也疑非樂府姑從郭本

隋盧思道

城南氣初新才王邀故人輕盈雲映日流亂鳥啼春花

飛北寺道弦散南漳濱舞動淮南袖歌揚齊后塵駢鑣歇夜馬接軫限歸輪公孫飲獨月平原讌淡旬即是消聲地何須遠避秦

聽鳴蟬篇北史本傳曰周武帝平齊授思道儀同三司追赴長安與同輩陽休之等數人作聽鳴蟬篇思道所爲詞意清切爲時人所重新野庾信徧覽諸同作者而歎美之此與顏之推並在周時作

隋盧思道

聽鳴蟬此聽悲無極羣嘶玉樹裏迴噪金門側長風送晚聲清露供朝食晚風朝露實多宜秋日高鳴獨見知輕身蔽數葉哀鳴抱一枝流亂罷還續酸傷合更離蹔聽别人心即斷纔聞客子淚先垂故鄉已超忽空庭正

蕪沒一夕復一朝坐見涼秋月河流帶地從來嶮峭路干天不可越紅塵早弊陸生衣明鏡空悲潘掾髮長安城裏帝王州鳴鐘列鼎自相求西望漸臺臨太液東瞻甲觀距龍樓說客恒持小冠出越使常懷寶劍遊學仙未成便尚主尋源不見已封侯富貴功名本多豫繁華輕薄盡無憂詎念嫖姚嗟木梗誰憶田單倦土牛歸去來青山下秋菊離離日堪把獨焚枯魚宴林野終成獨校子雲書何如還驅少遊馬門一作堤田單一作蘭皋

同前題云和陽納言聽鳴蟬篇同盧思道賦　北齊顏之推

聽秋蟬秋蟬非一處細柳高飛夕長楊明月曙歷亂起

秋聲參差攪人慮單吟如轉簫羣噪學調笙[illegible]飄流曼響多含斷絶聲垂陰自有樂飲露獨爲清短緌何足貴薄羽不羞輕螗蜋翳下偏難見翡翠竿頭絶易驚容止由來桂林苑無事淹留南斗城城中帝皇里金張及許史權勢熱如湯意氣諠城市劒影奔星落馬色浮雲起鼎俎陳龍鳳金石諧宫徵關中滿季心關西饒孔子詎用虞公立國臣誰愛韓王游説士紅顔宿昔同春花素髪俄頃變秋草中腸自有極那堪教作轉輪車見初學記紅顔以下脱誤

昔昔鹽樂苑曰昔昔鹽羽調曲唐亦爲舞曲昔一作析小説舊聞曰隋煬帝善屬文不欲人

出其右薛道衡由是得罪後因事誅之曰更能作空梁落燕泥否洪邁容齋續筆曰昔昔鹽凡十韻唐趙嘏廣之爲二十章玄怪錄載籧篨三娘工唱阿鵲鹽又有突厥鹽黄帝鹽白鴿鹽神雀鹽疎勒鹽滿座鹽歸國鹽唐詩媚賴吳娘唱是鹽鹽更奏新聲刮骨鹽然則歌詩謂之鹽者如吟行曲引之類云今南嶽廟獻神樂曲有黄帝鹽而俗傳以爲黄帝炎章穀編唐才調詩以趙詩爲劉長卿而題爲别宕子怨誤矣丹鉛餘錄曰梁樂府夜夜曲或名昔昔鹽昔卽夜也列子昔昔夢爲君鹽亦曲之别名按此則薛詩當附沈約夜夜曲矣然其說未見他出仍從舊錄

隋薛道衡

垂柳覆金堤蘼蕪葉復齊水溢芙蓉沼花飛桃李蹊採桑秦氏女織錦竇家妻關山别蕩子風月守空閨恒斂千金笑長垂雙玉啼盤龍隨鏡隱彩鳳逐帷低飛魂同

夜鵲倦寢憶晨雞暗牖懸蛛網空梁落燕泥前年過代
北今歲往遼西一去無消息那能惜馬蹄

同前　無名氏

名落風煙外瑶臺道路賒何如連御苑別自有仙家此
地回鸞駕緣溪滿翠華洞中明月夜牕下發煙霞

芙蓉花　隋辛德源

洛神挺凝素文君拂豔紅麗質徒相比鮮彩兩難同光
臨照波日香隨出岸風涉江良自遠託意在無窮

浮遊花（樂府無名氏左克明作辛德源）　隋辛德源

牕中斜日照池上落花浮若畏春風晚當思秉燭遊

西園遊上才 沈約詠月詩曰月華臨靜夜夜靜滅氛埃方暉竟戶入圓影隙中來高樓切思婦西園遊上才因以爲題也按此亦非樂府

隋王胄 樂府無名氏

西園遊上才清夜可徘徊月桂臨樽上山雲影蓋來飛花隨燭度疎葉向帷開當軒顧應阮還覺賦鄒枚

登名山行 一作篇

隋李巨仁

名山本鎮地迢遞上凌霄雲開金闕迴霧起石梁遥翠微橫鳥路珠樹拂星橋風急清溪晚霞散赤城朝寓目幽棲地駕言尋綺季跡絶桃源士忘情漆園吏抽簪傲九辟脫屣輕千駟沈冥負俗心疎索凌雲意蒼蒼聳極天伏眺盡山川疊峰如積浪分崖若斷煙淺深聞度雨

輕重聽飛泉采藥逢三島尋眞遇九仙藏書凡幾代看博已經年逝將追羽客千載一來旋金闕迥一作金澗近尋一作追

胥臺露按蘇臺一名胥臺此詩意惜其頹圯耳樂府遺聲時景二十五曲有胥臺露未知所據　隋庾抱

胥臺既落構荊棘稍侵扉棟拆連雲影梁摧照日暉翔鶤遂不反巢燕反無歸唯有團階露承睫共霑衣

委靡辭意義可疑　隋僧沸大

宿心嘉爾故固良媒問名諧帥占相良時慘慘惕惕懼爾不來既覯爾顏我心怡怡今不合歡豈徒費哉斯誓爲定淑女何疑

十索 四首樂苑曰十索羽調曲也 隋丁六娘

裙裁孔雀羅紅綠相參對映以蛟龍錦分明奇可愛麄

細君自知從郎索衣帶

爲性愛風光偏憎良夜促曼眼腕中嬌相看無厭足歡

情不耐眠從郎索花燭

君言花勝人人今去花近寄語落花風莫吹花落盡欲

作勝花粧從郎索紅粉

二八好容顏非意得相關逢桑欲採折尋枝倒嬾攀欲

呈纖纖手從郎索指環

同前 二首郭本無名氏選詩拾遺併作丁六娘

含嬌不自轉送眼勞相望無那關情伴共入同心帳欲

防人眼多從郎索錦障

蘭房下翠帷蓮帳舒鴛鴦錦歡情宜早暢密意須同寢欲

共作纏綿從郎索花枕

古樂苑卷第四十終

古樂苑卷第四十一

西吴　梅鼎祚　補正
東越　吕胤昌　校閲

襍歌謡辭 誦 諺語

郭氏舊序不録

詩曰心之憂矣我歌且謡爾雅曰徒歌謂之謡廣雅曰聲比於琴瑟曰歌韓詩章句曰有章曲曰歌無章曲曰謡按漢書五行志曰傳曰言之不從是謂不艾厥咎僭厥罰恒陽厥極憂時則有詩妖君炕陽而暴虐臣畏刑而拑口則怨謗之氣發於歌謡故有詩妖文心雕龍曰庶婦謳吟土風詩官採言樂盲被律志感絲篁氣變金石冊府元龜曰古者命輶軒之使巡萬國采異言靡不畢載以爲奏籍王者所以觀風俗之得失以考政也國風雅頌由是生焉春秋以來乃有婉變總角之謡傳於閭巷皆成章協律著禍福之先兆推尋參驗信而有徵此皆本傳詩妖之指以序述歌謡者也若劉勰

之論頌曰頌者容也夫民各有心勿壅惟口晉輿之稱原田魯氏之刺裘鞞直言不詠短辭以諷丘明子高並諜爲誦斯則野誦之變體浸被乎人事矣論諺曰諺者直語也喪言亦不及交故弔亦稱諺廛路淺言有實無華鄒穆公云囊漏儲中皆其類也太誓古人有言牝雞無晨大雅云人亦有言惟憂用老並上古遺諺詩書可引者也又曰夫心險如山口壅若川怨怒之情不一歡謔之言無方昔華元棄甲城者發睅目之謳臧紇喪師國人造侏儒之歌並嗤戲形貌內怨爲俳也又蠶解鄙諺貍首淫哇苟可箴戒載于禮典故知諧辭讔言亦無棄矣以上所稱殊名一義樂府舊載百一僅存

近代詩紀亦頗闕逸今編古歌謠諺于首次以歷代間參鈎讖仍從郭氏總歸歌謠

古歌

擊壤歌

帝王世紀曰帝堯之世天下太和百姓無事有八九十老人擊壤而歌　風土記壤以木爲之前廣後銳長三四寸形如屐臘節童少以爲戲分部如摘博藝經云長尺

四濶三寸將戲先側一壤于地遥于三四十步以手中壤敲之中者爲上古野老戲也

日出而作日入而息鑿井而飲耕田而食帝何力於我哉力字爲韻一作帝力於我何有哉

高士傳曰壤父者堯時人年八十餘而擊壤於道中觀者曰大哉帝之德也壤父曰

吾日出而作日入而息鑿井而飲耕田而食帝何德於我哉

夏人歌

韓詩外傳曰桀爲酒池糟隄縱靡靡之樂一鼓而牛飲者三千人羣臣皆相持而歌尚書大傳曰夏人飲酒醉者持不醉者不醉者持醉者而歌曰盍歸乎薄薄亦大矣伊尹退而更曰覺兮較兮吾大命格兮去不善而從善何不樂兮薄湯之都也

江水沛兮舟楫敗兮我王廢兮趣歸於薄薄亦大兮沛敗

並叶趣音促 薄一作亳

樂兮樂兮四牡蹻兮六轡沃兮去不善而從善何不樂兮蹻沃並叶

宋城者謳

即華元歌左傳鄭公子受命於楚伐宋宋華元樂呂御之戰於大棘宋師敗績囚華元獲樂呂宋人以兵車百乘文馬四驅以贖華元於鄭半入華元逃歸宋城華元爲植巡功城者謳以譏之華元亦作歌使驂乘者答之役人又復歌之宣公二年

睅其目皤其腹棄甲而復于思于思棄甲復來思音腮或如字則來叶黎 睅出目也皤大腹也于思多鬚貌思古腮字

驂乘答歌

牛則有皮犀兕尚多棄甲則那皮叶蒲波反那猶何也雖棄甲何害

後人又歌

從其有皮丹漆若何 皮叶言雖有皮無丹漆亦不能成甲也豈可棄之哉

澤門之皙謳 一作築者歌左傳宋皇國父爲太宰爲平公築臺於門妨於農收子罕請俟農功之畢公弗許築者謳曰 襄公十七年

澤門之皙實興我役邑中之黔實慰我心 澤門宋東城南門也皇國父白皙而居近此子罕黑色而居邑中

野人歌 左傳宋朝與衛夫人南子會于洮野人歌之

既定爾婁豬盍歸吾艾豭 豬古音遮婁豬求子豬以喻南子艾豭喻宋朝艾老也豭音加牡豕也

南蒯歌 一作鄉人飲酒歌左傳曰魯昭公十二年季平子立而不禮於南蒯南蒯以費

叛將適費飲鄉人酒鄉人或歌

曰 南蒯遺之子季氏費宰

我有圃生之杞乎從我者子乎去我者鄙乎倍其鄰者

耻乎已乎已乎非吾黨之士乎 圃以殖蔬菜枸杞非可食之物圃不宜生以喻

蒯也從我謂爲魯不去也子男子之美稱鄰親也已乎决絶之辭也

成人歌 禮記檀弓曰成人有其兄死而不爲衰者聞高子皐爲成宰遂爲衰成人歌曰

蠶則績而蠏有匡范則冠而蟬有緌兄則死而子皐爲

之衰 成魯邑名匡蠏背殼似匡也范蜂也緌謂蟬喙長在腹下此喻兄死者其衰之不爲兄也

齊民歌 齊桓公飲酒醉遺其冠耻之管仲曰公不雪之以政公曰善因發倉賜貧窮三

日而民歌之曰

公胡不復遺其冠乎

齊臺歌 晏子春秋曰景公起大臺之役歲寒不已國人望晏子晏子見公迺坐飲酒樂晏子曰君若賜臣臣請歌之歌曰庶民之言曰云云歌終喟然流涕公止之曰子殆爲大臺之役夫寡人將速罷之

凍水洗我若之何太上靡散我若之何散古轉入銑

庶民之餒我若之何奉上靡敝我若之何廣文選載此詩

穗歌 晏子春秋曰景公爲長庲將欲美之有風雨作公與晏子入坐飲酒致堂上之樂酒酣晏子作歌曰云云歌終顧而流涕張躬而舞公遂廢酒罷役不果成長庲

穗乎不得穫秋風至兮殫零落風雨之弗殺也太上之靡弊也殺叶所例反 虞喜志林云禾有穗兮不得穫殫一作盡

齊役者歌 晏子春秋曰景公築長庲之臺晏子侍坐觴三行晏子起舞曰云云舞三

而涕下沾襟景公慙焉爲之罷長庲之役

歲已莫矣而禾不穫忽忽矣若之何歲已寒矣而役不罷惙惙矣如之何穫叶胡化反

萊人歌左傳哀公五年秋齊景公卒冬十月公子嘉公子駒公子黚奔衛公子鉏公子陽生來奔萊人歌之曰

景公死乎不與埋三軍之士乎不與謀師乎師乎何黨之乎埋叶陵之反謀叶謨杯反師衆也黨所也之往也此哀羣公子失所

齊人歌左傳魯哀公二十一年公與齊侯邾子盟於顧齊人責稽首因歌之責十七年齊侯爲魯公稽首不見答

魯人之皐數年不覺使我高蹈唯其儒書以爲二國憂

皐叶居號反覺去聲憂叶元俱虛反皐緩也高蹈猶遠行也言魯人皐緩數年不知答齊稽首使我高蹈來爲此會二國齊邾也言魯據周禮不肯答稽首令齊邾遠至

萊芑歌史記田常成子與監止俱爲左右相相齊簡公田常心害監止監止幸於簡公權弗能去於是田常復脩釐子之政以大斗出貸以小斗收齊人歌之曰

嫗乎菜芑歸乎田成子劉知幾史通曰田常見在而遽呼以謚此之不實昭然可見

楚人誦子文歌說苑曰楚令尹子文之族有干法者廷理聞其令尹之族也釋之子文召廷理而責之遂致其族人於廷理曰不是刑也吾將死廷理懼遂刑其族人國人聞之曰若令尹之公也吾黨何憂乎乃與作歌曰

子文之族犯國法程廷理釋之子文不聽恤顧怨萌方正公平聽平聲

楚人歌 說苑曰楚莊王築層臺延石千里延壤百里大臣諫者七十二人皆死矣有諸御巳者違楚百里而耕謂其耦曰吾將入諫王委其耕而入見莊王遂解層臺而罷民楚人歌之曰

薪乎萊乎無諸御巳訖無子乎萊乎薪乎無諸御巳訖無人乎 萊叶此禮反

徐人歌 劉向新序曰延陵季子將聘晉帶寶劍以過徐君徐君觀劍不言而色欲之季子未獻也然其心巳許之使反而徐君巳死季子於是以劍帶徐君墓樹而去徐人爲之歌

延陵季子兮不忘故脫千金之劍兮帶丘墓

延陵季子不忘舊故千金之劍以帶丘墓

越謠歌 風土記曰越俗性率朴初與人交有禮封土壇祭以犬雞祝曰

君乘車我帶笠他日相逢下車揖君擔簦我跨馬他日相逢爲君下

卿雖乘車我戴笠後日相逢下車揖我步行卿乘馬後日相逢君當下 一作如此

松柏歌 戰國策秦使陳馳誘齊王建入秦遷之共處之松柏之間餓而死齊人怨建聽姦人賓客不蚤與諸侯合從以亾其國歌之曰

松邪柏邪建共者客邪 一本作住建共者客邪共地名屬河内

叚干木歌 呂氏春秋曰魏文侯過叚干木之間而軾之其僕曰君胡爲軾曰此非叚干木之間歟叚干木蓋賢者也吾安敢不軾其僕曰然則君何不相之於是君請相之叚

干木不肯受則君乃致祿百萬而時往館之國人相與誦之曰

吾君好正段干木之敬吾君好忠段干木之隆

鄴民歌

一作魏河內歌一作漳水歌史記曰魏襄王以史起爲鄴令引漳水溉鄴以富魏之河內而民作歌云風雅逸篇云史起魏文侯時人

鄴有賢令兮爲史公決漳水兮灌鄴旁終古舃鹵兮生稻粱公叶姑黃反

秦始皇時民歌

見水經註楊泉物理論曰秦築長城死者相屬民歌曰

生男愼勿舉生女哺用脯不見長城下尸骸相支拄魏陳琳飲馬長城窟行內四語與此同

甘泉歌

一首三秦記曰始皇作驪山陵周廻跨陰盤縣界水背陵郭使東西流運大石

於渭北渚民怨之作甘泉之歌曰

運石甘泉口渭水不敢流千人唱萬人謳金陵餘石大如塸見博物志

運石甘泉口渭水爲不流千人一唱萬人相鉤金陵下餘石大如篋土屋見闕中記

古樂苑卷第四十一 終

古樂苑卷第四十二

西吳　梅鼎祚　補正

東越　呂胤昌　校閱

襍歌謠辭 古謠　諷附

康衢謠

一作康衢歌。列子曰：堯治天下五十年，不知天下治歟不治歟，億兆願戴己歟，乃微服遊於康衢，聞童兒謠云云。堯喜問曰：誰教爾爲此言？童兒曰：聞之大夫。大夫曰：古詩也。

立我烝民，莫匪爾極。不識不知，順帝之則。

殷末謠

帝惑妲己玉馬走。叶養里反

黃澤謠

穆天子傳曰：天子東遊于黃澤，使宮樂謠云：

黃之池其馬歕沙皇人威儀黃之澤其馬歕玉皇人受穀池一作沱歕鶬也善問切沙叶音莎儀叶音俄澤叶達各反玉叶音珏受補註作壽穀叶同玉穀生也

白雲謠

三章穆天子傳曰乙丑天子觴西王母于瑤池之上西王母爲天子謠曰白雲天子答之曰予歸天子遂驅升于弇山乃紀丌跡于弇山之石而樹之槐眉曰西王母之山還歸丌世民作憂以吟曰比徂弇弇茲山日入所也

白雲在天山陖自出道里悠遠山川間之將子無死尚能復來陖音陵出叶尺爲反間音諫將請也尚庶幾也來叶陵之反

予歸東土和治諸夏萬民平均吾顧見女比及三年將復而野治一作洽夏叶後五反顧還也復反此野而見汝也野叶上與反

比徂西土爰居其野虎豹爲羣於鵲與處嘉命不遷我

惟帝天子大命而不可稱顧世民之恩流涕冉隕吹笙鼓簧中心翔翔世民之子唯天之望徂往也於讀曰烏嘉命不遷言守此一方帝天帝也中心翔翔憂無薄也唯天之望所瞻望也

徂彼西土爰居其所虎豹爲羣烏鵲與處嘉命不遷我惟帝女彼何世民又將去子吹笙鼓簧中心翱翔世民之子維天之望西王毋吟見海外經郎前辭小異

周宣王時童謠史記作童女謠史記曰夏后氏之衰也有二龍止于帝庭而言曰予褒之二君夏帝卜藏其漦歷夏殷莫敢發至厲王之末發而觀之漦化爲玄黿以入后宮童女遭之而孕生女懼而棄之宣王之時童女謠曰云云適有夫婦賣是器者宣王使執之逃于道見鄉者所棄妖子哀而收之犇於褒褒人有罪請入棄女于王是爲褒姒幽王嬖之竟爲戎滅

檿弧箕服實亡周國服叶山桑曰檿弧弓也箕萁本名服矢房也舊說以爲箙箕之箕非

鸜鵒謠漢書五行志曰左氏傳魯文成之世童謠也至昭公時有鸜鵒來巢公攻季氏敗出奔齊居外野次乾侯八年死於外歸葬魯昭公名裯公子宋立是爲定公

鸜之鵒之公出辱之鸜鵒之羽公在外野往饋之馬鸜鵒跦跦公在乾侯徵褰與襦鸜鵒之巢遠哉遙遙裯父喪勞宋父以驕鸜鵒鸜鵒往歌來哭野叶馬叶牡跦跦音誅叶周跳行貌褰袴也襦在外短衣也裯父昭公死外故喪勞宋父定公代立故以驕往歌來哭謂昭公生出歌死還哭也

魯童謠家語曰齊有一足之鳥飛集於公朝止於殿前舒翅而跳齊侯怪之使使聘魯問於孔子孔子曰此鳥名商羊水祥也昔童兒屈脚振肩而跳且謠云云今齊有之其應至矣急告民趨治溝渠修隄防將有大水爲災頃之大霖雨水溢泛諸國傷害民人唯齊有備不敗

天將大雨商羊鼓儛

晉獻公時童謠左氏傳曰晉獻公伐虢圍上陽問於卜偃曰吾其濟乎偃以童謠對曰克之十月丙子旦日在尾月在策鶉火中必是時也冬十二月丙子朔晉滅虢虢公醜奔京師漢書五行志曰周十二月夏十月也言天者以夏正

丙之晨龍尾伏辰均服振振取虢之旂鶉之賁賁天策焞焞火中成軍虢公其奔龍尾尾星也日月之會曰辰日在尾故尾星伏不見均同也戎事上下同服振振盛貌鶉鶉火星也賁賁鳥星之體也天策傳說星時近日星微焞焞無光耀也言丙子平旦鶉火中軍事有成功也

晉惠公時童謠漢書五行志曰晉惠公賴秦力得立立而背秦內殺二大夫國人不說及更葬其兄恭太子申生而不敬故詩妖作也後與秦戰爲秦所獲立十四年而死晉人絶

之更立其兄重耳是爲文公遂伯諸侯

恭太子更葬兮後十四年晉亦不昌昌乃在其兄葬叶滋郎反兄叶虛王反

趙童謠史記趙幽繆王遷五年代地大動六年大饑民譌言曰云云七年秦人攻趙趙大將李牧將軍司馬尚將擊之李牧誅司馬尚免趙忽及齊將顏聚代之趙忽軍破顏聚亡去以王遷降風俗通曰趙遷信秦反間之言殺其良將李牧而任趙括遂爲所滅

趙爲號秦爲笑以爲不信視地上生毛笑平聲上一作之

楚昭王時童謠家語曰楚昭王渡江江中有物大如斗圓而赤直觸王舟舟人取之王恠之使使聘於魯問于孔子孔子曰此萍實也可剖而食之吉祥也唯霸者爲能獲焉使者反王遂食之大美使來以告魯大夫大夫因子游問曰夫子何以知其然曰吾昔之鄭過乎陳

之野聞童謠云云此楚王之應也是以知之

楚王渡江得萍實大如斗赤如日剖而食之甜如蜜

楚人謠 史記曰楚懷王爲張儀所欺客死於秦到王負芻遂爲秦所滅百姓哀之爲之語曰

楚雖三戶亡秦必楚 亡秦漢高帝楚人也

吳夫差時童謠 述異記吳王夫差立春宵宮爲長夜之飲造千石酒鍾又作天池池中造青龍舟日與西施爲水嬉又有別館在句容楸梧成林樂府云云是也

梧宮秋吳王愁

靈寶謠 靈寶要畧曰昔太上以靈寶五篇眞文以授帝嚳帝嚳將仙封之於鍾山至夏禹巡狩度弱水登鍾山遂得是文後復封之包山洞庭之室吳王闔閭出遊包山見一人自言姓山名隱居闔閭扣之乃入洞庭取素書一卷呈闔閭其文不可識令人齎之問孔子孔子曰丘聞

童謠云云闔閭乃尊事之

吳王出遊觀震湖龍威丈人山隱居北上包山入靈墟乃入洞庭竊禹書天地大文不可舒此文長傳百六初若強取出喪國廬

包山謠 見楊方吳越春秋沈懷遠南越志曰牛女之分揚州之末土也爰有太山寔曰秦望又有后簀峻起立内有金簡玉字

禹得金簡玉字書藏洞庭包山湖

攻狄謠 戰國策曰田單攻狄三月而不克齊嬰兒謠曰

大冠若箕脩劍拄頤攻狄不能下壘枯丘 能叶年題反壘字下一有于字丘叶袪其反大冠武冠也壘枯丘謂空守一丘爲壘說苑作梧丘地名也通鑑云攻狄不能下壘梧骨成

秦人謠 見張衡西京賦注虞喜志林曰秦穆公夢之天帝所奏鈞天樂賜以金策祚世之業當時有謠曰

天帝醉秦暴金誤隕石墜 風雅逸篇註曰張平子曰昔者天帝說秦穆公而覲之饗以鈞天廣樂帝有醉焉乃爲金策賜用此土而翦諸鶉首卽此說也蓋憤亂疾世若詩所謂視天夢夢者

泗上謠 水經注周顯王四十二年九鼎淪沒泗淵秦始皇時見於泗水始皇大喜使數千人入水系而行未出龍齒齧斷其系故泗上爲之謠曰

稱樂太早絕鼎系

巴謠歌 茅君內傳曰秦始皇三十一年九月庚子茅盈高祖濛於華山之中乘雲駕鶴白日昇天先是時有巴謠歌始皇聞謠歌而問其故父老具對曰此仙人之謠歌勸帝求長生之術

於是始皇欣然乃有尋仙之志因改臘曰嘉平

神仙得者茅初成駕龍上昇入太清時下玄洲戲赤城繼世而往在我盈帝若學之臘嘉平

秦世謠 異苑曰秦世有謠云云始皇既坑儒焚典乃發孔子墓欲取諸經傳壙既啓於是悉如謠者之言又言謠文刋在塚壁政甚惡之及逹沙丘而脩別路見一羣小兒輩沙爲阜問云沙丘從此得病

秦始皇奄僵開吾戶據吾牀飲吾酒唾吾漿飡吾飯以爲糧張吾弓射東墻前至沙丘當滅亾

不知何一男子自稱秦始皇上我堂踞我牀顛倒我衣裳至沙丘而亡 王充論衡孔子遺秘書云云不謂謠也

河圖引蜀謠

汶阜之山江出其腹帝以會昌神以建福

列女傳引古謠

食石食金鹽可以支常久食石食玉鼓可以得長壽

誦 有焱氏頌 莊子天運篇北門成問於黃帝曰帝張咸池之樂於洞庭之野吾始聞之懼復聞之怠卒聞之而惑蕩蕩默默乃不自得帝曰天機不張而五官皆備此之謂天樂無言而心說故有焱氏爲之頌曰云云女欲聽之而無接焉而故惑也 註此乃無樂之樂樂之至也

聽之不聞其聲視之不見其形充滿天地苞裹六極

輿人誦 國語曰晉惠公入而背内外之賂輿人誦之曰 惠公獻公庶子夷吾也外秦内里丕也輿衆也不歌口誦

佞之見佞果喪其田詐之見詐果喪其賂得國而狃終逢其咎喪田不懲禍亂其興佞謂里丕受惠公賂田而納之見佞謂惠公入而不予里丕不得其賂田詐謂秦以詐立惠公見詐謂惠公入而背之秦不得其賂地狃忕也咎謂惠公敗於韓丕鄭不得田不懲艾復欲與秦共納重耳惠公殺之佞叶稱因反田音與陳同詐叶莊助反

恭世子誦國語晉惠公改葬共世子臭達于外國人誦之曰共世子申生也獻公時申生葬不如禮故改葬之惠公烝於獻公夫人賈君故申生臭達於外不欲爲無禮者所葬也

貞之無報也孰是人斯而有是臭也貞爲不聽信爲不誠國斯無刑媮居幸生不更厥貞大命其傾威兮懷兮各聚爾有以待所歸兮猗兮違兮心之哀兮歲之二七其靡有徵兮若翟公子吾是之依兮鎮撫國家爲王妃

貞正也以正葬之而不見聽也信心行之不見誠也刑法也言惠公偷竊居位微幸而生威畏也懷思也言國人畏惠公思重耳也筒歎也違去也二七十四歲也微亾也靡有微者亦亾謂子圉也翟公子指重耳時出居於翟也言重耳當霸諸侯爲王妃耦報叶敷救反懷叶胡威反哀叶於希反

輿人誦 一作歌左傳晉侯宋公齊國歸父崔夭秦小子憖次於城濮楚師背酅而舍晉侯患之聽輿人之誦曰　酅户圭反丘陵險阻名晉侯恐衆畏險故聽其歌誦

原田每每舍其舊而新是謀 每平聲謀音媒高平曰原喻晉軍美盛若原田之草每每然可以謀立新功不足念舊惠

朱儒誦 一作歌左傳襄公四年邾人莒人伐鄫臧紇救鄫敗于狐駘國人誦之曰

臧之狐裘敗我於狐駘我君小子朱儒是使朱儒朱儒使我敗於邾 狐裘大夫之服襄公幼弱故曰小子臧紇短小故曰朱儒　裘叶渠之反駘叶盈之

反

子產誦　二章一作歌左傳曰鄭子產從政一年輿人誦之曰

取我衣冠而褚之取我田疇而伍之孰殺子產吾其與之　褚衣囊也衣冠非法者收之不敢服　及三年又誦之曰

我有子弟子產誨之我有田疇子產殖之子產而死誰其嗣之　誨古叶志殖叶時吏反

孔子誦　二章辭亦見家語孔叢子呂氏春秋曰孔子始用於魯魯人鷖誦之曰　鷖人名也

麛裘而韠投之無戾韠之麛裘投之無郵　麛鹿子也其皮以爲裘加裼衣以朝天子也韠小貌投棄也戾郵皆罪也　韠叶毗臂反孔叢子作芾下同

及三月政成化旣行又作誦曰

衮衣章甫實獲我所章甫衮衣惠我無私衮衣公侯服也章甫儒冠也

齊人誦七畧作齊語史記荀卿趙人年五十始來遊學於齊騶衍衍迂大而閎辯奭也文具難施淳于髡久與處時有得善言故齊人誦曰

天口駢談天衍雕龍奭炙轂過髡史記無天口駢三字駢田駢也騶衍所言五德終始天地廣大故曰談天騶奭脩衍之文飾若雕鏤龍文故曰雕龍過字作輠輠者車之盛膏器也炙之雖盡猶有餘流言淳于髡智不盡如炙輠也

古樂苑卷第四十二終

古樂苑卷第四十三

西吴　梅鼎祚　補正
東越　吕胤昌　校閲

襍歌謡辭　古諺

夏諺　越絶書門禹巡狩大越見耆老納詩書審銓衡平斗斛夏諺云云　見太平御覽按今越絶無此諺

吾王不遊吾何以休吾王不豫吾何以助一遊一豫爲諸侯度　劉熙曰春行曰遊秋行曰豫左傳季氏有嘉樹韓宣子譽之服虔曰譽與豫同遊於樹下也唐宋之問詩春豫臨池近

太公兵法

引黃帝語賈子書引止日中必彗操刀必割二句其餘見太公兵法即漢藝文志黃帝巾机銘也

日中不彗是謂失時操刀不割失利之期執斧不伐賊人將來涓涓不塞將爲江河熒熒不救炎炎奈何兩葉不去將用斧柯爲虺弗摧行將爲蛇來叶陵之反蛇叶唐何反

六韜

天下攘攘皆爲利往天下熙熙皆爲利來叶

左傳

周諺魯隱公十一年滕侯薛侯來朝爭長公使羽父請于薛侯曰周諺有之云云周之宗盟異姓爲後乃長滕侯

山有木工則度之賓有禮主則擇之度音宅

周諺初虞侯有玉虞公求旃弗獻既而悔之曰周諺有之云云吾焉用此乃獻之

匹夫無罪懷璧其罪

晉士蔿引諺晉獻公爲太子申生城曲沃士蔿曰太子不得立矣不如逃之無使罪至且諺曰云云天若祚太子其無晉乎

心苟無瑕何恤乎無家

虢宮之奇引諺晉假道於虞以伐虢宮之奇諫曰虢虞之表也虢亾虞必從之諺所謂云云者其虞虢之謂也不聽晉滅虞

輔車相依脣亾齒寒輔頰也車牙車又曰頷車上牙骨之名也輔爲外表車是內骨

鄭孔叔引諺齊人伐鄭孔叔言於鄭伯曰諺有之云云既不能彊又不能弱所以

病也請下齊以救國鄭發齊侯以説于齊

心則不競何憚於病

宋樂豫引諺宋昭公欲去羣公子樂豫曰公族公室之枝葉也葛藟猶能庇其本根況君子乎諺所謂云云者也

庇焉而縱尋斧焉八尺曰尋所以量木也借木之庇而縱放尋以量之斧以伐之

鄭子家引言晉侯不見鄭伯以爲貳於楚也鄭子家使執訊而與之書以告趙宣子曰古之人有言曰云云又曰云云小國之事大國也德則其人也不德則其鹿也鋌而走險急何能擇將悉敝賦以待於鯈晉鞏朔行成於鄭

畏首畏尾身其餘幾

鹿死不擇音音當作蔭休蔭也

申叔時引人言 楚人伐陳因縣陳陳侯在晉申叔時曰夏徵舒弒其君其罪大矣抑人亦有言曰云云諸侯之從也曰討有罪也今縣陳貪其富也無乃不可乎

牽牛以蹊人之田而奪之牛牽牛以蹊者信有罪矣而奪之牛罰已重矣

晉伯宗引古言 楚子圍宋宋告急於晉晉侯欲救之伯宗曰不可古人有言曰云云天方授楚未可與爭諺曰高下云云天之道也君其待之乃止

雖鞭之長不及馬腹

高下在心川澤含汚山藪藏疾瑾瑜匿瑕國君含垢 漢書亦引此無高下在心一句

晉羊舌職引諺 晉命士會將中軍于是晉國之盜逃歸于秦羊舌職曰善人在

上則國無幸民諺曰

民之多幸國之不幸也

晉韓厥引古言晉欒書中行偃執厲公召韓厥厥辭曰古之人有言曰云云而況君乎

殺老牛莫之敢尸

劉子引諺天王使劉定公勞趙孟於潁館於洛汭劉子曰子盍亦遠績禹功而大庇民乎對曰吾儕偷食朝不謀夕何其長也劉子歸以語王曰諺所謂老將知而耄及之者其趙孟之謂乎何以能久

老將知而耄及之

衛侯引古言衛侯入使讓太叔文子曰寡人淹恤在外二三子皆使寡人聞衛國

之言吾子獨不在寡人古人有言曰云云寡人怨矣

非所怨勿怨

齊晏子引諺　初景公欲更晏子之宅辭曰君之先臣容焉臣不足以嗣之及晏子如晉公更其宅反則成矣旣拜乃毁之而爲里室皆如其舊則使宅人反之且諺曰云云二三子先卜鄰矣卒復其舊宅

非宅是卜惟鄰是卜

魯謝息引言　晉人來治杞田季孫將以成與之謝息爲孟孫守不可曰人有言曰

雖有挈缾之智守不假器

鄭子產引古言　子產爲鄭豊施歸州田於韓宣子曰日君以公孫段爲能任其事而賜之州田其子弗敢有古之人有言曰云云敢以爲請宣子受之

其父析薪其子弗克負荷

子服惠伯引諺 晉人執季孫意如子服惠伯私於中行穆子曰魯兄弟也土地猶大所命能具若爲夷棄之使事秦楚其何瘳於晉諺曰臣一主二吾豈無大國乃歸季孫

臣一主二

子産引諺 子産適晉趙景子問曰伯有猶能爲鬼乎子産曰良霄我先君穆公之胄子良之孫子耳之子敝邑之卿從政三世矣抑諺曰云云能爲鬼不亦宜乎

蕞爾國而三世執其政柄

子産引諺 鄭駟偃卒其父兄立偃叔父子瑕晉人使問故子産對曰其子幼弱其一二父兄私族於謀而立長親寡君與其二三老曰抑天實剝亂是吾何知焉諺曰云云民

有兵亂猶或過之而況敢知天之所亂

無過亂門 宋對楚薳越人有言曰惟亂門之無過

子瑕引諺 楚靈王執吳王弟蹶由以歸令尹子瑕言于楚子曰彼何罪諺所謂云云者楚之謂矣舍前之忿可也乃歸蹶由

室於怒市於色 戰國策怒於室者色於市

范獻子引言 鄭伯如晉子太叔相見范獻子獻子曰若王室何對曰老夫其國家不能恤敢及王室抑人亦有言曰云云今王室實蠢蠢焉吾小國懼矣然大國之憂也吾子其圖之

嫠不恤其緯而憂宗周之隕爲將及焉

魏子引諺 梗陽人有獄賂以女樂魏子將受之魏戊謂閻沒女寬曰吾子必諫饋入

召之比三歎既食魏子曰吾聞諸伯叔諺曰云云吾子置食之間三歎何也同辭而對曰饋之始至恐其不足是以歎中置自咎曰豈將軍食之而有不足是以再歎及饋之畢願以小人之腹爲君子之心屬厭而已獻子辭梗陽人

惟食忘憂國語作惟食可以忘憂

戲陽速引諺衛侯爲夫人南子召宋朝大子蒯聵羞之謂戲陽速曰從我而朝少君我顧乃殺之速不進大子奔宋速告人曰大子無道使余殺其母許而弗爲以紓予死諺曰云云吾以信義

民保於信

楚文子引諺司馬子良生子越椒子文曰必殺之是子也熊虎之狀而豺狼之聲弗殺必滅若敖氏矣諺曰云云是乃狼也其可畜乎子良不可

狼子野心

語

飛矢在上走驛在下兵交使在其間今語兩國兵交不罪來使

國語

富辰引言襄王十三年鄭人伐滑王使遊孫伯請滑鄭人執之王怒將以翟伐鄭富辰諫曰不可人有言曰云云周文公之詩曰兄弟鬩於墻外禦其侮

兄弟讒鬩侮人百里

單襄公引言晉克楚使郤至告慶於周召桓公與之語至稱三伐召桓公以告單襄公襄公曰人有言曰兵在其頸其郤至之謂乎君子不自稱也非以讓也惡其盖人也求盖人其抑下滋甚故聖人貴讓且諺曰云云郤至歸明年死難

兵在其頸

獸惡其網民惡其上

太子晉引言 周靈王二十二年穀洛鬬將毀王宮王欲壅之太子晉諫曰不可今吾執政無乃實有所避而滑夫二川之神使至於爭明以妨王宮王而飾之無乃不可乎人有言曰云云又曰

無過亂人之門

佐雝者嘗焉佐鬬者傷焉 今俗語助祭得食助鬬得傷

禍不好不能為禍 猶財色之禍生於好之

伶州鳩引諺 景王作大錢鑄大鐘鐘成伶人告龢伶州鳩對曰臣不知其龢也且民所曹好鮮其不濟也其所曹惡鮮其不廢也故諺曰云云今三年之中而害金再興焉

懼一之廢也王崩鐘不龢

衆心成城衆口鑠金

衛彪傒引諺周敬王十年劉文公與萇弘欲城成周將合諸侯衛彪傒適周見單穆公曰萇劉其不沒乎諺曰云云后稷勤周十有五世而興幽王亂之十有四世守府之謂多胡可與也

從善如登從惡如崩

鄭叔詹引諺晉公子重耳過鄭鄭文公不禮叔詹諫弗聽曰若不禮焉則請殺之諺曰云云

黍稷無成不能爲榮黍不爲黍不能蕃廡稷不爲稷不能蕃殖所生不疑惟德之基爲黍爲稷之爲成也所生謂種黍得黍種稷得稷唯

在所樹言禍福亦猶是也

諸稽郢引諺 吳伐越越使諸稽郢行成於吳曰夫諺曰云云今天王既封殖越國又刈亾之雖四方之諸侯則何實以事吳吳許之

狐埋之而狐搰之是以無成功

越王引諺 越將伐吳數問於范蠡范蠡曰未可也王姑待之王曰諺有之云云今歲晩矣子將奈何

觥飯不及壺飧 盛饌未具不如壺飧之救饑疾也

戰國策

蘇秦引語 秦攻趙蘇秦謂秦王曰今雖得邯鄲非國之長利也語曰

戰勝而國危者物不斷也功大而權輕者地不入也

又蘇秦説齊閔王曰語曰云云何則後起之籍也今天下之相與也不並滅有能案兵而後起寄怨而誅不直微用兵而寄於義則亡天下可蹻足而須也

騏驥之衰也駑馬先之孟賁之倦也女子勝之

張儀引言 張儀説秦王曰夫戰者萬乘之存亡也且臣聞之曰云云言所以舉破天下之從舉趙亡韓臣荊魏親齊燕以成霸王之名

削株掘根無與禍鄰禍乃不存 按國策止云臣聞之不云諺語若臣聞之之類載籍頗多但此實似古語耳即此篇前亦有臣聞之曰以亂攻治者亡以邪攻正者亡以逆攻順者亡

莊辛引鄙語 莊辛謂楚襄王曰君王左州侯右夏侯輦從鄢陵君與壽陵君楚國必亡矣去之趙五月秦果舉鄢郢王使人徵莊辛于趙曰今事至於此爲之奈何對曰臣聞鄙語曰

見兎而顧犬未為晩也亡羊而補牢未為遲也牢一作籬

楚人引諺楚策或謂黃齊曰人皆以謂公不善於富摯諺曰云云今王善富摯而公不善也是不臣也

見君之乘下之見杖起之下音戶起音去上聲

荀卿引語孫子為蘭陵令春申君使人謝孫子孫子去之趙春申君使人請孫子於趙孫子為書謝曰癘人憐王此不恭之語也雖然不可不審察也此為劫弑死亡之主言也註云癘雖惡猶愈于劫弑故反憐王

癘人憐王

武靈王引諺趙武靈王始出胡服之令羣臣皆諫止王王曰諺云云

以書為御者不盡馬之情以古制今者不達事之變亦見

孟嘗君引鄙語孟嘗君擇舍人以爲武城吏而遣之曰鄙語豈不曰

借車者馳之借衣者被之言弗愛也被叶音披

蘇秦引鄙語蘇秦爲趙合從說韓曰臣聞鄙語云云今大王西面交臂而臣事秦何以異於牛後乎

寧爲鷄口無爲牛後顏氏家訓曰按延篤戰國策音義曰尸鷄中之主從牛子也然則口當爲尸後當爲從俗寫誤也

蘇代引諺秦圍宜陽蘇代爲公仲謂向壽曰禽困覆車秦楚合復攻韓韓必亡公仲躬率其私徒以鬬於秦諺曰云云人皆言楚之多詐也而公必之是自爲貴也不如善韓以待之

貴其所以貴者貴 以貴人所同貴按風雅逸篇亦以鶬困覆車爲古語國策不云何語也

燕王喜引語 燕王喜與樂閒謀伐趙不可王大怒起六十萬以攻趙燕人大敗樂閒入趙王以書謝曰語曰云云諺曰云云

仁不輕絶智不輕怨

厚者不毀人以自益也仁者不危人以要名也

史記 史記漢書專屬漢者仍後入漢

趙肥義引諺 趙主父初以長子長爲太子後得吳娃生子何乃立何爲王章心不服其弟所立主父又使田不禮相李兌謂肥義曰二人相得必有謀子奚不稱疾毋出肥義曰不可昔者主父以王屬義也諺曰云云吾言已在前矣後章與田不禮作亂令召下肥義先入殺之

死者復生生者不愧

語 楚考烈王無子春申君內李園女弟有身進之王生子男立爲太子園陰養死士欲殺春申君以滅口朱英謂春申君曰君置臣郎中楚王卒李園必先入臣爲君殺李園不聽後王卒李園果先入伏死士刺春申君斬其頭太史公曰語曰云云春申君失李英之謂邪

當斷不斷反受其亂

商君引語 商君曰子觀我治秦也孰與五羖大夫賢趙良曰千羊之皮不如一狐之腋千人之諾諾不如一士之諤諤良請終日正言而無誅可乎商君曰語有之矣云云夫子果肯終日正言鞅之藥也

貌言華也至言實也苦言藥也甘言疾也 按風雅逸篇但載千羊之皮四句爲古語而此語反不載然彼特有似古語耳不云語也今正之

張儀引周語 張儀傳張儀說魏王曰從人多奮辭而少可信人主與其辯而牽其說豈得無眩哉臣聞之云云故願大王審定計議且賜骸骨歸魏

積羽沈舟羣輕折軸衆口鑠金積毀銷骨 戰國策註周語也漢中山王傳臣聞衆口銷金積毀銷骨叢輕折軸羽翮飛肉

諺 樗里子傳樗里秦惠王異母弟樗里子滑稽多智秦人號曰智囊諺云

力則任鄙智則樗里

語 太史公曰語曰利令智昏平原君貪馮亭邪說使趙陷長平兵四十餘萬衆邯鄲幾亾

利令智昏

鄙語 王翦傳贊引鄙語曰云云白起料敵合變然不能救患于應侯王翦爲秦將夷六國然不能輔秦建德以致圽身

尺有所短寸有所長

蔡澤引語蔡澤入秦説應侯范雎曰語曰云云天地之常數也君之功極矣如是而不退則商君白公吳起大夫種是也吾聞之鑒於水者見面之容鑒於人者知吉與凶應侯因謝病請歸相印

日中則移月滿則虧物盛則衰按風雅逸篇不載此語而載鑒於水者四句爲語史記止曰吾聞之不云語也且本武王鏡銘

韓子太史公曰韓子稱云云信哉是言也范雎蔡澤遊説諸侯至白首無所遇及二人羈旅入秦繼取卿相固强弱之勢異也

長袖善舞多財善賈

古語鄒陽傳鄒陽者齊人也游於梁而介於羊勝公孫詭之間勝等嫉陽惡之孝王孝王

怒下之吏將欲殺之陽乃從獄中上書引諺曰云云何則知與不知也

白頭如新傾蓋如故白上有有字

漢書

武帝賢良策問引古語漢書或曰云云不云古語也

良工不琢

東方朔引古語

以管窺天以蠡測海以莛撞鐘史記扁鵲曰以管窺天以隙視文

後漢書

古語

人所歌舞天必從之人所咀嚼神必凶之王莽遣更始將軍廉丹討

山東辟馮衍爲椽衍說丹曰將軍之先爲漢信臣新室之興英俊不附今漢內潰人懷漢德人所歌舞天必從之按此本古語而行引其半

管子

諷桓公

不行其野不違其馬言馬以行野雖不行野亦不可不調習也

墻有耳伏寇在側

孔子家語

相馬以輿相士以居

曾子

人莫知其子之惡莫知其苗之碩

孟子

齊人有言

雖有智慧不如乘勢雖有鎡基不如待時賈逵曰鎡基耨也呂氏春秋曰耨六寸所以間稼

說苑

鄒穆公引周諺

囊漏貯中文心雕龍作儲中

列子

楊朱篇引古語

生相憐死相捐

古語

人不婚宦情欲失半人不衣食君臣道息

周諺

田父可坐殺晨出夜入自以性之恒啜菽茹藿自以味之極一朝處以軟毛綈薦以粱肉蘭味心痟體煩內熱生病矣

莊子

野語

聞道百以爲莫己若河伯

古語

美成在久惡成不及改

衆人重利廉士重名賢士尚志聖人貴精

荀子

子道篇引古言

衣與繆與不女聊與音歟聊音留叶力蚪反言雖衣服我綢繆我而不敬不順則不聊汝也

大畧篇引民語

欲富乎忍恥矣傾絕矣故舊矣與義分背矣傾絕謂傾身絕命而求也分背如人分背而行也

魯定公記

古語

寧得一把五加不用黃金滿車寧得一把地榆不用明

月寶珠

皐魚引古語

枯魚銜索幾何不蠹索音素古通

商君書引語公孫鞅謂秦孝公曰臣聞之疑行無名疑事無功君亟定變法之慮殆猶天下之議語曰

愚者暗於未成智者見於未萌

鄒子名衍齊人

古語

截趾適履孰云其愚何與斯人追欲喪軀

愼子名到先申韓申韓稱之

不聽不明不能爲王不聵不聾不能爲公

韓非子

古諺 隰子曰

知淵中之魚者不祥 趙文子曰周諺有言察見淵魚者不祥智料隱逸者殃

爲政猶沐也雖有棄髮之費而有長髮之利也 按風雅逸篇載諺云奔車之上無仲尼覆舟之下無伯夷此見韓子安危篇非諺也

鬼谷子

古言 權篇古人有言曰云云言者有諱忌也衆口爍金言有曲故也

口可以食不可以言

古語 今按鬼谷戒蘇秦張儀書云二足下功名赫赫但春華至秋不得久茂夫女愛不極

席男歡不畢輪痛哉不云古語也戰國策嬖色不敝席寵臣不敝軒

女愛不敝席男歡不盡輪

魯仲連子漢藝文志有魯仲連子

古諺

百足之蟲三斷不蹶墨子云馮公之蟲三斷不僵馮公蟲名僵讀鞠躬之躬

魯連子

心誠憐白髮玄情不怡艷色媸

呂覽

齊鄙人諺

居者無載行者無埋言生不隱謀死不隱忠也載讀作菑埋叶陵之反

鶡冠子楚人居深山以鶡鳥羽爲冠

中流失船一壺千金船音循釋名船循也循水而行也

孔叢子

遺諺平原君與子高飲强子高酒曰昔有遺諺云云古之聖賢無不能飲也吾子何辭焉子高曰聖賢以道德兼人未聞以飲食也

堯舜千鍾孔子百觚子路嗑嗑尚飲十榼

賈誼書

容經篇

君子重襲小人無由入正人十倍邪辟無由來倍叶平聲

劉向别錄

古語

脣亡而齒寒河水崩其壞在山寒叶胡千反山叶輪旃反風雅逸篇又載劉向列女傳古語云力田不如遇豐年力桑不如見國卿刺繡文不如倚市門此本秋胡謂其妻云云不謂諺也傳止首二句

桓譚引諺

人之相去如牛九尾風雅逸篇又載云二人同術誰昭誰冥二虎同穴誰死誰生按此本汲冢周書非諺也

桓子新論引諺

人聞長安樂則出門而西向笑知肉味美則對屠門而大嚼新論曰關東鄙語曰云云又諺曰侏儒見一節而長短可知

習伏衆神巧者不過習者之門

牟子 東漢太尉牟融

古諺

少所見多所怪見橐駝言馬腫背 怪叶古潰反

劉子 劉晝字孔昭

古諺

深不絕涓泉稚子浴其淵高不絕丘陵跛羊遊其巔

應劭漢官儀引語 崔豹古今註曰文武車耳古重較也文官青耳武官赤耳毛萇詩疏曰重較卿士之車耳

仕宦不止車生耳

師春 晉書云汲冢竹書中師春一篇師春似是造書者姓名

古語

斧小不勝柯

韓嬰詩傳

古語

昨日何生今日何成必念歸厚必念治生日慎一日完

如金城

詩疏

洛諺

洛鯉伊魴貴於牛羊

齊諺

山上斫檀檖橀先殫（檖音遂　橀音兮　檀與檖橀三木相似）

斫檀不諦得檕迷檕迷尚可得駮馬（駮馬亦木名　馬音如塗抹之抹　檀與檕迷駮馬三木又相似）

齊語

疲馬不渡澠水（澠水之流迅疾）

上黨人謂

問婦人欲買赭不謂竈下有黃土欲買釵不謂山中自有楛

詩正義引語

四足之美有麃兩足之美有鷮

易緯引古語

一夫兩心拔刺不深

蹎馬破車惡婦破家

春秋緯引古語

吐珠於澤誰能不含

月麗于畢雨滂沱月麗于箕風揚沙叶桑何反

氾勝之書引古語氾勝之成帝時爲議郎師古曰劉向別錄云使教田三輔有好田者師之徒爲御史

土長冒橛陳根可拔耕者急發見月令註農書

四民月令引農語（東漢崔寔撰）

三月昏參星夕杏花盛桑葉白

河射角堪夜作犂星沒水生骨

月令引里語

蜻蛉鳴衣裘成蟋蟀鳴懶婦驚

闞駰十三州志（闞駰燉煌人沮渠蒙遜同時）

峴山張蓋雨滂沛

齊民要術（後魏賈勰撰）

智如禹湯不如常耕（叶居郎反）

耕而不勞不如作暴（勞去聲）

子欲富黄金覆謂秋鋤麥曳柴壅麥根也

夏至後不沒狗但雨多澤槖駝五月及澤父子不相借積犢二音夏至前種麻良候也

羸牛劣馬寒食下言其乏食瘦瘠春中必死

水經註引諺射的山名遠望狀若射侯土人以驗年之登否的明則米賤的闇則米貴

射的白斛米百射的玄斛米千

蔣子萬機論隋書志魏太尉蔣濟撰

猛虎不處卑勢勁鷹不立垂枝

抱朴子

古人欲達勤誦經今世圖官勉治生

方回山經引相冢書

山川而能語葬師食無所肺腑而能語醫師色如土

文選註引古諺

越阡度陌互爲主客

史炤通鑑䟽引諺

足寒傷心民怨傷國

妍皮不裹癡骨

福至心靈禍來神昧

古諺古語載籍通引

終身讓車不枉一舍

莫三人而迷又曰莫衆而迷

惑者知反迷道不遠

不斑白語道失

白刃交前不顧流矢

堂前不糞除郊草不瞻耘

一淵不兩蛟又曰一栖不兩雄又曰兩雄不並栖

井水無大魚新林無長木

林中不賣薪湖上不鬻魚

觸露不掐葵日中不煎韭

乳犬攫虎伏雞搏狸

白璧不可爲容容多後福

將飛者翼伏將奮者足跼將噬者爪縮將文者且朴

中規不㝐用墜禍辟

鐸以聲自穴膏以明自鑠虎豹之文來射猿狖之捷來

攌

上求材臣殘木上求魚臣乾谷

遁闗不可復亾犴不可再

無鄉之社易爲黍肉無國之稷易爲求福

古樂苑卷第四十三終

古樂苑卷第四十四

西吴　梅鼎祚　補正

東越　吕胤昌　校閲

襍歌謠辭 漢歌

平城歌

漢書曰高祖自將兵三十二萬擊韓王信帝先至平城步兵未盡到冒頓縱精兵三十餘萬圍帝於白登七日漢兵中外不得救餉樊噲時爲上將軍不能解圍天下皆歌之後用陳平祕計得免白登在平城東南去平城十餘里

平城之下亦誠苦七日不食不能彀弩下一作圍

畫一歌

一作百姓歌漢書曰惠帝時曹參代蕭何爲相國初高帝與何定天下法令既明具及參守職舉事無所變更一遵何之約束於是百姓歌之

蕭何爲法講若畫一曹參代之守而勿失載其淸靖民以寧一講史記作顜又一作觀又一作較靖史記作淨

淮南民歌漢書曰淮南厲王長高帝少子也長廢法不軌文帝不忍置於法迺載以輜車處蜀嚴道邛郵遣其子子母從居長不食而死後民有作歌歌淮南王帝聞之乃追尊淮南王爲厲王置園如諸侯儀

一尺布尚可縫一斗粟尚可舂兄弟二人不相容

一尺繒好童童一升粟飽蓬蓬兄弟二人不能相容高誘作鴻烈解叙及許叔重注其辭云

衛皇后歌漢書曰衛子夫爲皇后弟靑貴震天下天下歌之

生男無喜生女無怒獨不見衛子夫霸天下

鄭白渠歌史記曰韓聞秦之好興事欲罷無令東伐迺使水工鄭國間說秦令鑿涇水自中山西邸瓠口爲渠竝北山東注洛溉舃鹵之地四萬餘頃因名曰鄭國渠漢書云大始二年趙中大夫白公復奏穿渠引涇水首起谷口尾入櫟陽注渭中袤二百里溉田四千五百餘頃名曰白渠民得其饒歌之曰

田於何所池陽谷口鄭國在前白渠起後舉鍤如雲決渠爲雨涇水一石其泥數斗且溉且糞長我禾黍衣食京師億萬之口漢紀爲雨下有二句云水流竈下魚跳入釜起作爲億萬之口作百萬餘口

潁川歌漢書曰灌夫不好文學喜任俠已然諾諸所與交通無非豪傑大猾家累數千萬食客日數十百人陂池田園宗族賓客爲權利橫潁川潁川兒歌之

潁水清灌氏寧潁水濁灌氏族

匡衡歌　漢書曰衡字稚圭東海承人也世農夫至衡好學家貧傭作以供資用尤精力過絕人諸儒爲之語

無說詩匡鼎來匡說詩解人頤

牢石歌　一作印綬歌漢書佞幸傳曰元帝時宦官石顯爲中書令與僕射牢梁少府五鹿充宗結爲黨友諸附倚者皆得寵位民歌之言其兼官據勢也

牢邪石邪五鹿客邪印何纍纍綬若若邪

五侯歌　漢書曰成帝河平二年悉封舅大將軍王鳳庶弟譚爲平阿侯商爲成都侯立紅陽侯根曲陽侯逢時高平侯五人同日封故世謂之五侯時五侯羣弟爭爲奢侈後庭姬妾各數十人羅鐘磬舞鄭女作優倡狗馬逐馳大治第室起土山漸臺洞門高廊閣道連屬彌望百姓歌之言其奢僭如此按傳稱成都侯穿長安城引內灃水注第中大陂曲陽侯第園中土山漸

臺類白虎殿則穿城引水非曲陽與歌辭不同高都外杜皆長安里名

五侯初起曲陽最怒壞決高都連竟外杜土山漸臺西白虎

樓護歌 漢書曰樓護字君卿爲京兆吏數年甚得名譽與谷永俱爲五侯上客母死送葬者致車二三千兩閭里歌之曰

五侯治喪樓君卿

尹賞歌 漢書曰賞字子心鉅鹿楊氏人永始元延間上怠於政貴戚驕恣交通輕俠藏匿亡命長安中姦猾浸多羣輩殺吏受賕報讐賞以三輔高第選守長安賞至修治長安獄穿地方深各數丈致令辟爲郭以大石覆其口名爲虎穴乃收捕輕薄少年惡子得數百人内穴中覆以大石百日後令死者家自發取親屬號哭道路歔欷長安歌之曰

安所求子死桓東少年場生時諒不謹枯骨後何葬

上郡歌漢書曰成帝時馮野王為上郡太守其後弟立亦自五原太守徙西河上郡立居職公廉治行畧與野王相似而多知有恩貸好為條教吏民嘉美野王立相代為太守歌之曰

大馮君小馮君兄弟繼踵相因循聰明賢知惠吏民政如魯衛德化鈞周公康叔猶二君

東漢張君歌後漢書曰張堪光武時為漁陽太守捕擊姦猾賞罰必信吏民皆樂為用乃於狐奴開稻田八千餘頃勸民耕種以致殷富百姓歌之

桑無附枝麥穗兩岐張君為政樂不可支

朱暉歌後漢書曰暉字文季建武中再遷臨淮太守好節槩有所拔用皆厲行士諸報怨以義犯率皆為求其理多得生濟其不義之囚即時僵仆吏人畏愛為之歌曰

彊直自遂南陽朱季吏畏其威民懷其惠

涼州歌 一作樊曄歌後漢書曰曄光武時爲天水太守政嚴猛好申韓法善惡立斷人有犯其禁者率不生出獄吏人及羌胡畏之道不拾遺涼州爲之歌

遊子常苦貧力子天所富寧見乳虎穴不入冀府寺大笑期必死忿怒或見置嗟我樊府君安可再遭值

云

董宣歌 後漢書曰董宣字少平光武時爲洛陽令搏擊豪强莫不震慄京師號爲臥虎歌之

枹鼓不鳴董少平

郭喬卿歌 後漢書曰郭賀字喬卿建武中爲尚書令在職六年拜荆州刺史到官有殊政百姓歌之

厥德仁明郭喬卿中正朝廷上下平上下一作天下

費貽歌常璩華陽國志曰費貽字奉君南安人也公孫述時漆身爲厲佯狂避世述破爲合浦守蜀中歌之曰

節義至仁費奉君不仕亂世不避惡君脩身於蜀紀名亦足後世爲大族三句疑非歌語

鮑司隷歌列異傳曰鮑宣宣子永永子昱三世皆爲司隷而乘一驄馬京師人歌之云

鮑氏驄三入司隷再入公馬雖瘦行步工

通博南歌一題作行者歌後漢書西南夷傳曰永平十二年哀牢王柳貌遣子率種人內屬顯宗以其地置哀牢博南二縣割益州郡西部都尉所領六縣合爲永昌郡始通博南山度蘭倉水行者苦之作歌

漢德廣開不賓度博南越蘭津度蘭倉爲它人漢書注倉作滄

廉范歌後漢書曰廉范字叔度建初中爲蜀郡太守成都民物阜盛邑宇偪側舊制禁民夜作以防火災而更相隱蔽燒者日屬范乃毀削前令但嚴使儲水而已百姓爲便乃歌之云

廉叔度來何暮不禁火民安作平生無襦今五袴民安作東觀記作人安堵平生無襦今五袴華陽國志作來時我單衣去時重五袴又一作昔無襦今五袴

喻猛歌和帝時蒼梧太守以清白爲治郡頌之曰

於惟蒼梧交阯之域大漢唯宗遠以仁德

陳紀山歌華陽國志曰巴郡陳紀山爲漢司隸校尉嚴明正直西虜獻眩工廷試之分公卿以爲嬉紀山獨不視京師稱之巴人歌曰　紀山陳禪字

築室載直梁國人以貞貞邪娛不揚目枉行不動身好

軌僻乎遠理義協乎民

黎陽令張公頌 見故迹遺文

公與守相駕蜚魚往來倏忽遠熹娛慰此屯民寧厥居

魏郡輿人歌 岑熙爲魏郡太守招聘隱逸與參政事無爲而化視事二年輿人歌之

我有枳棘岑君伐之我有蟊賊岑君遏之狗吠不驚足下生氂含脯鼓腹焉知凶災我喜我生獨丁斯時美矣岑君於戲休兹

吳資歌 常璩華陽國志曰太山吳資字元約孝順帝永建中爲巴郡太守屢獲豐年人歌之曰云云及資遷去人思資又歌曰吳資

習習晨風動澍雨潤禾苗我后恤時務我人以優饒

望遠忽不見惆悵當徘徊恩澤實難忘悠悠心永懷

范史雲歌 後漢書曰范冉字史雲桓帝時爲萊蕪長遭母憂不到官後遁身於梁沛之間徒行敝服賣卜於市遭黨人禁錮遂推鹿車載妻子捃拾自資所止單陋有時絶粒窮居自若言貌無改閭里歌之冉袁山松後漢書作丹

甑中生塵范史雲釜中生魚范萊蕪

陳臨歌 謝承後漢書曰陳臨字子然爲蒼梧太守人遺腹子報父怨捕得繫獄傷其無子令其妻入獄遂産得男人歌曰

蒼梧陳君恩廣大令死罪囚有後代德參古賢天報施

又

蒼梧府君惠及死能令死人不絶嗣

劉君歌　後漢書曰劉陶字子奇潁川潁陰人濟北貞王勃之後桓帝時舉孝廉除順陽長縣多姦猾陶到官宣募吏民有氣力勇猛能以死易生者得數百人皆嚴兵待命於是覆案姦軌所按發若神以病免吏民思而歌之

邑然不樂思我劉君何時復來安此下民

賈父歌　後漢書曰中平元年交阯屯兵執刺史及合浦太守靈帝敕三府精選能吏有司舉賈琮爲交阯刺史琮到部訊其反狀咸言賦歛過重民不聊生故聚爲盜琮即移書告示各使安其資業招撫荒散蠲復傜役誅斬渠帥爲大害者簡選良吏試守諸縣百姓以安巷路爲之歌

賈父來晚使我先反今見清平吏不敢飯

皇甫嵩歌　後漢書曰皇甫嵩字義眞安定朝那人靈帝時黃巾作亂以嵩爲左中郎將討

賊數有功拜左車騎將軍領冀州牧封槐里侯嵩請冀州一年田租以贍飢民百姓歌曰

天下大亂兮市爲墟母不保子兮妻失夫賴得皇甫兮復安居

董逃歌 一作靈帝中平中京都歌後漢書五行志曰按董謂董卓也言雖拔扈縱其殘暴終歸逃竄至於滅族也風俗通云卓以董逃之歌主爲已發大禁絕之楊孚董卓傳曰卓改董逃爲董安

承樂世董逃遊四郭董逃蒙天恩董逃帶金紫董逃行謝恩董逃整車騎董逃垂欲發董逃與中辭董逃出西門董逃瞻宮殿董逃望京城董逃日夜絕董逃心摧傷董逃

布歌 華嶠後漢書曰王允與呂布及士孫瑞謀董卓有人書呂字於布上負而行於市歌曰云

云有告卓者卓不悟獻帝春秋曰有書二尺布幡上作兩口相銜之字及布殺卓負布者不復見

布乎布乎

洛陽令歌 長沙耆舊傳曰祝良字石卿爲洛陽令歲時亢旱天子祈雨不得良乃暴身階庭告誠引罪自晨至中紫雲沓起甘雨登降人爲之歌

天久不雨烝人失所天王自出祝令特苦精符感應滂沱下雨

崔瑗歌 崔氏家傳曰崔瑗爲汲令開溝造稻田蒲鹵之地更爲沃壤民賴其利長老歌之曰

上天降神明錫我仁慈父臨民布德澤恩惠施以序穿溝廣漑灌決渠作甘雨

爰珍歌 陳留耆舊傳曰爰珍除六令吏人訟息教誨其子弟歌之曰

我有田疇爰父殖置我有子弟爰父教誨

高孝甫歌 陳留耆舊傳曰高愼字孝甫敦質少華嘿而好沈深之謀爲從事號曰臥虎故人謂之曰

嶷然不語名高孝甫

襄陽太守歌 襄陽耆舊傳曰襄陽太守胡烈有惠化百姓歌曰

美哉明后雋哲惟嶷陶廣乾坤周孔是則文武播暢威振遐域

兩黃歌 襄陽耆舊記曰黃穆字伯開博學養門徒爲山陽太守有德政致甘露白兎神雀白鳩之瑞弟奂字仲開爲武陵太守貪穢無行武陵人歌曰云云言不同也

天有冬夏人有兩黃

樊惠渠歌并序

陽陵縣東其地衍隩土氣辛螫嘉穀不植而涇水長流光和五年京兆尹樊君勤恤民隱乃立新渠曩之鹵田化爲甘壤農民怡悅相與謳談疆畔斐然成章謂之樊惠渠云

蔡邕

我有長流莫或閼之我有溝澮莫或達之田疇斥鹵莫修莫釐饑饉困悴莫恤莫思乃有樊君作人父母立我畎畝黄潦膏凝多稼茂止惠乃無疆如何勿喜我壤既營我疆斯成泯泯我人既富且盈爲酒爲醴蒸彼祖靈貽福惠君壽考且寧

茅山父老歌 見雲笈七籤外編作大茅君誤茅君內傳曰茅盈咸陽人也得道隱句曲鄉人因改句曲爲茅君之山時盈二弟俱貴秉爲五官大夫西河太守固爲執金吾各棄官渡江求兄於東山後咸得仙道太上命固治丹陽句曲山衷治常良之山盈爲司命眞君東嶽上卿於是盈與二弟訣別俱去固衷留治此山漢平帝元壽二年也內法旣敷外教坦平爾乃風雨以時五禾成熟疾癘不起暴害不行父老歌曰

茅山連金陵江湖據下流三神乘白鶴各在一山頭佳雨灌畦稻陸田亦復周妻子保堂室使我無百憂白鶴翔青天何時復來遊 在一作治青天一作金穴此本僊詩舊編靈寶巴謠入古此從附漢

蜀國風 華陽國志曰漢安帝時巴郡太守連失道國人風之曰按此下二篇志不云爲歌謠然亦不明云詩下篇頗類樂府今附于後

明明上天下土是觀帝選元后求定民安孰可不念禍福由人願君奉詔惟德日親

蜀國刺 華陽國志曰孝桓帝時河南李盛仲和爲郡守貪財重賦國人刺之曰

狗吠何喧喧有吏來在門披衣出門應府記欲得錢語窮及請期吏怒反見尤旋步顧家中家中無可與思往往鄰貸鄰人以言遺錢錢何難得令我獨憔悴

隴頭歌 秦川記曰隴西郡隴山其上懸巖吐溜於中嶺泉渟因名萬石泉泉溢漫散而下溝澮皆注故北人升此而歌曰隴頭按漢橫吹曲有隴頭而亡其辭此或其遺也梁鼓角橫吹亦載此與匈奴歌舊編在漢今附從

隴頭流水流離四下念我行役飄然曠野登高望遠涕

零雙壁

又歌

隴頭流水鳴聲幽咽遥望秦川肝腸斷絶

匈奴歌 十道志曰焉支祁連二山皆美水草匈奴失之乃作此歌

失我焉支山令我婦女無顏色失我祁連山使我六畜不蕃息 亦載西河舊事失我祁連山二句在前

古樂苑卷第四十四終

古樂苑卷第四十五

西吳　梅鼎祚　補正
東越　呂胤昌　校閲

襍歌謠辭　漢謠

武帝太初中謠

拾遺記曰太初二年大月氏國貢雙頭雞四足一尾鳴則俱鳴武帝置於甘泉故館更以餘雞混之得其種類而不能鳴諫者曰詩云牝雞無晨今雄類不鳴非吉祥也帝乃送還西域行至西關雞反顧漢宮而哀鳴故謠言曰三七至王莽簒位將軍有九虎之號其後寇亂彌多宮掖中生蒿棘家無雞鳴犬吠

三七末世雞不鳴犬不吠宮中荆棘亂相繫當有九虎爭爲帝

元帝時童謠 漢書五行志曰元帝時童謠至成帝建始二年三月戊子北宮中井泉稍上溢出南流井水陰也竈烟陽也玉堂金門至尊之居象陰盛而滅陽竊有宮室之應也王莽生於元帝初元四年至成帝封侯爲三公輔政因以簒位也

井水溢滅竈煙灌玉堂流金門

長安謠 漢書佞幸傳曰成帝初丞相御史條奏石顯舊惡及其黨牢梁陳順皆免官顯與妻子徙歸故郡憂懣不食道病死諸所交結以顯爲官皆廢罷少府五鹿充宗左遷玄菟太守御史中丞伊嘉爲鴈門都尉長安謠云

伊徙鴈鹿徙菟去牢與陳實無賈 讀曰價一作石無徒

成帝時燕燕童謠 漢書五行志曰成帝時童謠後帝爲微行出遊常與富平侯張放俱稱富平侯家人過平陽主作樂見舞者趙飛燕而幸之故曰燕燕尾涏涏美好貌也張公

子謂富平侯也木門倉琅根爲宮門銅鍰言將尊貴也後遂爲皇后弟昭儀賊害後宮皇子卒皆伏辜所謂燕飛來啄皇孫皇孫死燕啄矢者也

燕燕尾涎涎張公子時相見木門倉琅根燕飛來啄皇孫皇孫死燕啄矢涎徒見反

成帝時歌謠漢書五行志曰成帝時歌謠也桂赤色漢家象華不實無繼嗣也王莽自謂黄象黄爵巢其顛也

邪徑敗良田讒口亂善人桂樹華不實黄爵巢其顛昔爲人所羨今爲人所憐

鴻隙陂童謠一作王莽時汝南童謠漢書曰汝南舊有鴻隙大陂郡以爲饒成帝時關東數水陂溢爲害翟方進爲相與御史大夫孔光共遣掾行視以爲決去陂水其地肥美省隄

防費而無水憂遂奏罷之及翟氏滅鄉里歸惡言方進請陂下良田不得而奏罷陂云王莽時常枯旱郡中追怨方進時有童謠子威方進字也

壞陂誰翟子威飯我豆食羹芋魁反乎覆陂當復誰云者兩黃鵠一云敗我陂者翟子威飴我大豆亨我芋魁

王莽末天水童謠後漢書五行志曰時隗囂初起兵於天水後意稍廣欲為天子遂被滅囂少病蹇吳門冀郭門名也緹羣山名也

出吳門望緹羣見一蹇人言欲上天令天可上地上安得民

王莽誅童謠劉謙之晉紀曰王莽誅童謠云

昔年食麥屑今年食荳豆荳豆不可食使我枯嚨喉

更始時南陽童謠後漢書五行志曰更始時南陽有童謠是時更始在長安世祖爲大司馬平定河北更始大臣並僭專權故謠妖作也後更始遂爲赤眉所殺是更始之不諧在赤眉也世祖自河北興

諧不諧在赤眉得不得在河北

後漢時蜀中童謠後漢書五行志曰世祖建武六年蜀中童謠是時公孫述僭號於蜀時人竊言王莽稱黃述欲繼之故稱白五銖漢家貨明當復也述遂誅滅

黃牛白腹五銖當復

城中謠玉臺作童謠歌漢書曰馬后履行節儉事從簡約馬廖慮以美業難終上疏長樂宮以勸成德政長安語曰云云斯言如戲有切事實

城中好高髻四方高一尺城中好廣眉四方且半額城

中好大袖四方全匹帛風俗通曰趙王好大眉民間闊半額楚王好廣領國人衣沒頸齊王好細腰後宮有餓死者

會稽童謠後漢書曰張霸永元中爲會稽太守時賊未解郡界不寧乃移書開購明用信賞賊遂東手歸附不煩士卒之力童謠歌

弃我戟捐我矛盜賊盡吏皆休我一作若

又謠益部耆舊傳曰張霸爲會稽太守舉賢士勸教講授一郡慕化但聞誦聲又野無遺寇民謠曰

城上烏鳴哺父母府中諸吏皆孝友

河内謠東觀漢記曰王渙除河内溫令商賈露宿人開門卧人爲作謠曰

王稚子代未有平徭役百姓喜

順帝末京都童謠後漢書五行志曰按順帝卽世孝質短祚大將軍梁冀貪樹疏幼以爲己功專國號令以贍其私太尉李固以爲清河王雅性聰明敦詩悅禮加以屬親立長則順置善則固而冀建白太后策免固徵蠡吾侯遂卽至尊固是月幽斃于獄暴尸道路而太尉胡廣封安樂鄉侯司徒趙戒厨亭侯司空袁湯安國亭侯云

直如弦死道邊曲如鉤反封侯反一作乃

桓帝初小麥童謠後漢書五行志曰桓帝之初天下童謠按元嘉中凉州諸羌一時俱反南入蜀漢東抄三輔延及并冀大爲民害命將出衆每戰常負中國益發軍卒麥多委弃但有婦女穫刈之也吏買馬君具車者言調發重及有秩者也請爲諸君鼓嚨胡者不敢公言私咽語也

小麥青青大麥枯誰當穫者婦與姑丈夫何在西擊胡

吏買馬君具車請爲諸君鼓嚨胡

城上烏童謡

後漢書五行志曰桓帝之初京師童謡按此皆爲政貪也城上烏尾畢逋者處高利獨食不與下若謂人主多聚歛也公爲吏子爲徒者言蠻夷將畔逆父既爲軍吏而其子又爲卒徒往擊之也一徒死百乘車者言前一人往討胡既死矣後又遣百乘車往車班班入河間者言桓帝將崩乘輿班班入河間迎靈帝也河間姹女工數錢以錢爲室金爲堂者靈帝既立其母永樂太后好聚金以爲堂也石上慊慊舂黄粱言永樂唯積金錢慊慊常若不足吏民舂黄粱而食之也梁下有懸鼓我欲擊之丞卿怒者言永樂主教靈帝使賣官受錢所禄非其人天下忠篤之士怨望欲擊懸鼓以求見丞卿主鼓者亦復諂順怒而止我也

城上烏尾畢逋公爲吏子爲徒一徒死百乘車車班班入河間河間姹女工數錢以錢爲室金爲堂石上慊慊

舂黃糧梁下有懸鼓我欲擊之丞卿怒

桓帝初京都童謠 五行志曰延熹末鄧皇后以譴自殺乃以竇貴人代之其父名武字游平拜城門校尉及太后攝政為大將軍與太傅陳蕃合心戮力惟德是建印綬所加咸得其人豪賢大姓皆絕望矣

游平賣印自有平不辟豪賢及大姓

鄉人謠 初桓帝為侯時受學於甘陵周福及後即位擢為尚書時同郡房植有名譽云

天下規矩房伯武因師獲印周仲進 伯武植字仲進福字

任安二謠 後漢書曰任安字定祖廣漢綿竹人少遊太學受孟氏易兼通數經又從同郡楊厚學圖讖窮極其術時人稱曰

欲知仲桓問任安

又

居今行古任定祖

二郡謠 後漢書曰汝南太守宗資任功曹范滂南陽太守成瑨亦委功曹岑晊范滂字孟博岑晊字公孝二郡爲謠

汝南太守范孟博南陽宗資主畫諾南陽太守岑公孝

弘農成瑨但坐嘯

太學中謠 見陶淵明集袁山松後漢書曰桓帝時朝廷日亂李膺風格秀整高自標尚後進之士升其堂者以爲登龍門太學生三萬餘人陽天下士上稱三君次八俊次八顧次八及次八厨猶古之八元八凱也因爲七言謠曰

天下忠誠竇游平 大將軍槐里侯扶風平陵竇武字游平

天下義府陳仲

舉太傅高陽鄉侯汝南平輿陳蕃字仲舉　天下德弘劉仲承侍中河間樂成劉淑字仲承

右三君一云不畏强禦陳仲舉九卿直言有陳蕃

天下模楷李元禮少傅潁川襄城李膺字元禮　天下英秀王叔茂司空山陽高平王暢字叔茂　天下良輔杜周甫太僕潁川陽城杜密字周甫　天下冰凌朱季陵司隸校尉沛國朱寓字季陵　天下忠貞魏少英尚書會稽上虞魏朗字少英　天下好交荀伯條沛國潁陰荀翌字伯條　天下稽古劉伯祖大司農博陵安平劉祐字伯祖　天下才英趙仲經太常蜀郡成都趙典字仲經

右八俊

天下和雍郭林宗有道太原介休郭泰字林宗　天下慕恃夏子治太常

陳留圉夏馥字子治天下英藩尹伯元尚書令河南鞏尹勳字伯元天下清苦羊嗣祖河南尹太山平陽羊陟字嗣祖天下琁金劉叔林議郎東郡發劉儒字叔林天下雅志蔡孟喜冀州刺史陳國項蔡衍字孟喜天下卧虎巴恭祖潁川太守渤海東城巴肅字恭祖天下通儒宗孝初議郎南陽安衆宗慈字孝初

右八顧後漢書無劉儒有范滂

海內賢珍陳子鱗御史中丞汝南召陵陳翔字子鱗海內忠烈張元節太尉山陽高平張儉字元節海內謇諤范孟博太尉掾汝南細陽范滂字孟博海內通士檀文友蒙令山陽高平檀敷字文友海內才珍孔世元洛陽令魯國孔昱字世元後漢書云字元世海內彬彬范仲真太山太守渤海重合范康字仲真海內珍好岑公孝太尉掾南陽棘陽岑晊字公孝海內所稱劉景升鎮南將軍

荊州牧武城侯山陽高平劉表字景升

右八及後漢書無范滂有翟超

海內賢智王伯義少府東萊曲城王商字伯義後漢書作王章海內修整蕃嘉景郎中魯國蕃嚮字嘉景海內貞良秦平王北海相陳留巳吾秦周字平王海內珍奇胡母季皮侍御史太山奉高胡母班字季皮海內光光劉子相太尉掾潁川陰劉翊字子相海內依怙王文祖冀州刺史東平壽張王考字文祖海內嚴恪張孟卓陳留相東平壽張張邈字孟卓海內清明度博平荊州刺史山陽湖陸度尚字博平

右八廚後漢書無劉翊有劉儒

桓帝末京都童謠後漢書五行志曰桓帝之末京都童謠按解犢亭屬饒陽河間

縣也居無幾何而桓帝崩使者與解犢侯皆白蓋車從河間來延延衆貌是時御史劉儵建議立靈帝以儵爲侍中中常侍侯覽畏其親近必當間已白拜儵泰山太守因令司隸迫促殺之朝廷少長思其功效乃拔用其弟郃致位司徒此爲合諧也

白蓋小車何延延河間來合諧河間來合諧

桓帝末京都童謠

後漢書五行志曰按易曰拔茅連茹以其彙征吉茅喻羣賢也井者法也于時中常侍管霸蘇康憎疾海內英哲與長樂少府劉囂太常許永尚書柳分尋穆史佟司隸唐珍等代作唇齒河內牢川詣闕上書汝潁南陽上采虛譽專作威福甘陵有南北二部三輔尤甚由是博考黄門北寺始見廢閣茅田一頃者言羣賢多也中有井者言雖阨窮不失其法度也四方纖纖不可整者言姦慝大熾不可整理嚼復嚼者京都飲酒相強之辭也言食肉者鄙不恤王政徒耽宴飲歌呼而已也今年尚可者言但禁錮也後年鐃者陳竇被誅

天下大壞

茅田一頃中有井四方纖纖不可整嚼復嚼今年尚可後年鐃風俗通作譊

桓靈時童謠後漢書曰桓帝之世更相濫舉人爲之謠

舉秀才不知書察孝廉父別居

又見抱朴子

舉秀才不知書舉孝廉父別居寒素清白濁如泥高第良將怯如黽譚苑醍醐云泥音涅黽音篾黽或音密則泥當音匿古音例無定也晉書作怯如雞蓋不得其音而改之

靈帝末京都童謠後漢書五行志曰靈帝之末京都童謠至中平六年少帝登蹗

至尊獻帝未有爵號爲中常侍段珪等所執公卿百官皆隨其後到河上乃得來還此爲非侯非王上北芒者也

侯非侯王非王千乘萬騎上北芒張璠漢記走北邙

羊續謠古今善言曰續字興祖太山人靈帝時欲用爲三司而中官求其賂續出黃紙補袍以示使者時人謠曰

天下清苦羊興祖八顧中有云天下清苦羊嗣祖乃羊陟也

京兆謠續漢書曰李燮拜京兆詔發西園錢燮上封事遂止不發吏民愛敬乃爲此謠

我府君道教舉恩如春威如虎剛不吐柔不茹愛如母訓如父

獻帝初童謠後漢書五行志曰獻帝初童謠公孫瓚以爲易地當之遂徙鎮焉乃修城

積穀以待天下之變建安三年袁紹攻瓚瓚大敗縊其姊妹妻子引火自焚紹兵趣登臺斬之初瓚破黃巾殺劉虞乘勝南下侵據齊地雄威大震而不能開廓遠圖欲以堅城觀時坐聽圍戮斯亦自易地而去世也

燕南垂趙北際中央不合大如礪唯有此中可避世

獻帝初京都童謠 後漢書五行志曰獻帝元初京都童謠按千里草爲董十日卜爲卓凡別字之體皆從上起左右離合無有從下發端者也今二字如此者天意若曰卓自下摩上以臣陵君也青青暴盛之貌不得生者亦旋破亾

千里草何青青十日卜不得生 英雄記作猶不生

興平中吳中童謠 吳志曰初興平中吳中童謠閶門吳西郭門後孫權即位稱吳

黃金車班蘭耳開閶門出天子 開一作闓

建安初荆州童謡後漢書五行志曰言自中興以來荆州無破亂及劉表爲牧又豐樂至此逮八九年當始衰者謂劉表妻當死諸將竝零落也十三年無子遺者言十三年表又當死民當移詣冀州也

八九年間始欲衰至十三年無孑遺

恒農童謡陳留耆舊傳曰吳祐爲恒農令勸善懲姦貪濁出境甘露降年穀豐童謡曰

君不我憂人何以休不行界署爲知人處

閻君謡華陽國志曰閻憲字孟度爲綿竹令以禮讓爲本童謡曰

閻君賦政既明且昶去苛去辟動以禮讓一云閻君賦政明且昶蠲苛去碎以禮讓

京師謡後漢黄琬傳曰舊制光祿三署郎以高功九次才德尤異者爲茂才異行時權富

子弟以人事得舉而貧約守志者以窮迫見遺京師爲之謠曰

欲得不能光祿茂才能乃來切

少林 益都耆舊傳曰王忳字少林詣京師於客邸見諸生病甚困生謂忳曰腰下有金十斤願以相與乞収藏尸骸未問姓名呼吸因絶忳賣金一斤以給棺絮九斤置生腰下後署大度亭長到亭日有馬一匹至亭中其日大風有一繡被隨風來後忳騎馬突入它舍主人見曰得眞盜矣忳說得狀又取被覩之彥父悵然曰被馬俱止卿有何陰德忳具說葬諸生事彥父曰此吾子也姓金名彥遣迎彥喪餘金具存民謠之曰

信哉少林世爲遇飛被走馬與鬼遇

石里 商氏世傳曰商亮字子華舉孝廉到陽城遇兩虎爭一羊亮按劍直前斬羊虎乃各以其一半去時人爲之謠曰

石里之勇商子華暴虎見之藏爪牙藏一作合

漢末謠地理志曰武康縣本烏程之餘不鄉也漢末童謠云云吳乃改會稽之餘暨爲永興分餘不爲永安以協謠言

天子當興東南三餘之間

古樂苑卷第四十五終